ほとけの周辺

牧野 隆夫

東京図書出版

ほとけの周辺◇目次

デス・マスク

「とっても良い顔をしているんですのよ」

「とっても良い顔なんです」

食事の片づけも終わらぬ仕事場に朝早く訪ねてきた婦人は、繰り返しこう言った。

いつ見ても和服姿の彼女は、ふくふくとした肌白で小柄な上、ひとり暮らしの芸術家として過ごしているためか、とても還暦前後の年齢とは見えない。

話の飲み込めぬ我々に、あらためて彼女は、自分の母が昨夜息を引きとり、その死に顔がとても美しいので、ぜひデス・マスクとして残したいと思い立ち、我々のことが頭に浮かんで頼みに来た、と話した。

まばたきもせずに一息に話し続け、涙の浮かんでいる両目から溢れ出たものが、いつの間にか頬を濡らしているのを拭いもせず、言葉を繰り返す。

「良い顔なんです。とっても」

婦人は我々と多少とも職業が近いこともあり、知り合って以来、この寺の仕事のため住み込んで使っている旧幼稚園舎にはしばしば訪れていた。

知人が来た時には、必ず仕事場に案内し、自慢の息子達でも見せるように、我々を紹介してくれた。時にはさらに山奥の風雅な旅館に、この土地では他所者の我々を招待し、猪鍋をふるまってくれたこともあった。

頼みを無下に断れる相手ではない。否も応もないとはこのことだ。

婦人は、母の亡きがらが、我々もよく知っている、長男で喪主となる弟の家にあることを告げると、安心したようにすぐ近くの自宅に戻って行った。

幸い、石膏は以前仕事で使ったものが、まだセメント袋に半分程残っている。ただ古いだけに湿気て乾きにくくなっており、いわゆる風邪を引きかけた状態になっていた。

仕事仲間のOは、Nに命じて石膏を軽くあぶり、水分を飛ばすように言った。

Nは炊事場で、ガスコンロの上にアルミの盆をのせると弱火で石膏をあぶり始めた。

風邪を引いた石膏は、本来の真っ白いサラサラした感じが失われ、パン粉が混じりカビの生えかけた小麦粉のようにざらついた感触である。

熱処理した石膏は水に溶いて試してみると無事に硬化した。この確認なしに遺体の顔にかけ、固まらなかったらえらいことになる。

我々は、充分な量の石膏をビニール袋に入れ、石膏を撹拌するヘラや容器、その他必要そうな細々したものを用意すると立ち上がった。

誰の顔にも気乗りがしないと書かれているが、かと言って今さら断るわけにもいかず、その苦渋の様は、葬儀直前の場には却って相応しいものだったかも知れない。

お通夜の準備が始まり、お坊さんが来るまでに全てを終わらせて欲しい、というのが先方の条件でもあった。

時間は十分にあったが、夏である。気の染まない仕事は、午前中の涼しいうち早々に片をつけたいとは、三人暗黙の了解である。

門前の谷川に架かる朱塗りの橋を渡り、向かいの山のまだ観光客もまばらな石段を上がる。登り切ったところに「拈華微笑」の姿をした大きな釈迦を祭るお堂があり、周りには何軒か土産物を商う店があり、件の弟さんの家は、その前で土産物を作っている店である。

たびたび訪れ、店先で話したことはあるが、二階に上がるのは初めてである。

二部屋続きの和室は襖を取り払われ、夏らしく窓が全て開け放たれており、線香の煙がたゆたっていた。

まだ、祭壇が設けられているわけでもなく、遺体は亡くなった時そのままに、蒲団に横たわり、薄い掛け蒲団がかけられている。よく見ないと蒲団の中に人の姿があることすら見落としてしまいそうな、小さな膨らみである。

その場に居る人々に挨拶をし、これからの作業の話をお姉さんから聞いていた弟さんに、顔に掛けられた白布を取ってもらう。

蒲団からのぞいているのも身体に見合った小さな頭部である。なるほど、透けたように色白で、白髪のしわだらけの顔がまぶたを閉じて枕の上にちょこんと載っているさまは美しいといえなくもない。

デス・マスクを取る時の作法など三人とも知りはしないので、取りあえず亡骸に向かって合掌した。

Nは昔、学生時代にライフ・マスクをとったことがあったそうだし、私もやり方だけなら知らないわけでもない。生きている人間から顔面の型を取る時は、チューブを鼻の穴に入れ、呼吸を確保する必要があるが、死んだ人間ならそんな手間はいらない。

簡単に段取りの打ち合わせをすると、早速作業にかかった。

顔にかかっている髪の毛を恐る恐るかきあげると、用意したワセリンを出し、白く薄い眉を固めるようにたっぷりと付けた。こうしておかないと石膏に毛がくっついてしまうのである。

丸く穴を開けたビニールで顔の必要部分だけを出し、枕や蒲団その他が汚れないよう養生する。小さな老女の顔面である。型を取るのは私の両掌に満たない程の面積でしかない。Nが水場を借り、水に溶いた石膏をボウルに入れて持って来る。それを指先に付け、軽く弾き飛ばすようにしながら老女の顔に掛ける。

生を失った肌は、石膏の雫をはじきかえすこともなく、牡丹雪で白くなり始めた庭石のように、無言のまま真白に染まっていく。

作業を始めてから、三人は終始ほとんど口を利くことはなかった。就寝中と死との区別など、真剣に考えたこともなければ、見た目に分かるとも思えない若輩者ばかりである。手を動かしながら、各々の心の内で考えるのは、もしこの人が起き上がったら何としよう、ということばかりであった。

ひと渡り均一に石膏を振りかけると、ほっと一息ついた。

モデルを使い粘土で裸婦像を作り、石膏の雌型を取る時もそうであるが、この石膏の振りかけがうまく終われば、一応元の表面を正確に写し取る条件の第一歩を満たしたことになる。あとは雌型としての必要強度をもたせるための厚みをつければ良いだけである。

それを取り外せば、たい焼きの型のような石膏雌型が出来上がる。これに離型剤を塗った上で溶かした小麦粉ならぬ石膏を流し込み、石膏の硬化後、雌型を割り外せば全ての作業は終了する。

あらためて新しい石膏を水に溶いて用意する。これを先程、顔面に薄く振りかけ、硬化しかけている石膏の上に、厚さ一センチ程度、ヘラで付けていく。一度に均一に付けていけば良いのだが、そのためには石膏が次第に硬化を始める一番良い硬さを見極めて使うのがこつである。

石膏を水の中に徐々に入れて飽和状態の量になった時が、水と石膏の適量である。それを泡立てぬようゆっくりと充分に撹拌する。その直後から石膏は硬化を始め、健康な石膏ならほぼ時間の経過に比例して硬くなっていく。

ヘラ付け作業は、硬すぎず柔らかすぎず、その時間帯の一番使いやすい硬さである、ほんの一、二分の間に行うのが望ましい。勿論一人で大量には扱えないが、この老女の顔面程度ならなんの苦もなく一度で片がつく。

スムーズに石膏のヘラ付けを終了し、三人とも一様に顔に安堵の笑みを浮かべた。全ての作業が順調に終わった。と誰もが思ったのである。

道具を片付けながら、時間待ちをする。石膏に充分な強度が出るまでには、硬化した後少し時間が必要である。

Oは部屋の端に行くと我慢していた煙草に火を点けた。いつもはその煙に迷惑させられているのだが、今日はそのロングピースの香りが妙に懐かしい。

すでに遺体からは風向きによってか異臭が生じ始めていた。作業中にも感じてはいたのだが、それどころではなかったので、においのことは極力意識の外に置いていたのである。煙草を吸い終えたOは、それでは、という感じで白く蓋された老女の顔の石膏に手をかけた。これを外しさえすれば、あとは仕事場に戻ってからの作業となる。

早く片付けて帰り、思う存分ピースを吹かそう、と余裕の表情で老女の死に顔から石膏の雌型を外そうとしていたOの顔色が、次第に変わってきた。

そろそろ昼近くになる。気温もぐんぐんと上がり、ランニングシャツの上に白衣をはおり、捲り上げた袖口から見えるOの二の腕がふるえている。いつの間にか、額にはじっとりと汗が吹き出してくるのが、見ていてもよく分かる。

「外《と》れん！」

うろたえた、悲鳴を押し殺したような声でOが呻いた。まさか、という顔でNは見下ろしているが、体は半分後ずさりしている。

周到にどの場所も抜け勾配になっているのを確認して雌型の大きさを決定したのである。周りのどこかが引っ掛かっているなどとは考えられない。

しばらくそのまま続けていたが、全くびくともしないのに性も根も尽き果てたように、Oは私を振り向いた。

代わって私が石膏雌型に手を掛けた。なる程全く外れる気配がない。その瞬間、頭の中にあの「肉付きの面」の話が浮かび上がった。

昔、嫁いびりを楽しみにしていた姑が、家にあった般若の面を付けて嫁をおどしたのだが、その面が外れなくなり、家中のものが無理矢理外したところ、姑の顔の肉が面にくっつき無惨にはがれてしまった、というあの話である。

石膏を持つ指先に力を加えねば外せぬことは分かっているのだが、作業開始前に見た、弱々とし肉のそげた老女の顔のひと皮下はむろん頭骸骨である。

肉付きの面の話が頭に浮かんだ以上、無闇に力など入れられようはずもない。

周りではそろそろ喪主と打ち合わせるため葬儀屋があらわれ、納棺やら祭壇の準備やらの段取りが始まろうとしている。

彼等の興味深げで、かつ終了を迫る無言の圧力を発する視線を、私の手先は感じていた。

取れた皮や肉は、どうやって骨の上に元通りに戻すのだろうか。情けない想像をしながら、後戻りできぬ立場を覚悟して、「南無三」と祈るような気持ちで両腕に全身の力を込めた。

パコッという、吸い付いたコップが口から外れ、一気に空気が入るような音がした。部屋にいた全員の視線が石膏型とその下にあるはずの老女の顔面に注がれる。

私はことさら冷静さを装いながら、何かがむしり取れるような感触を指先に受けながら、雌型を老女の顎の方から徐々に外し始めた。硬く湿り気を帯びている石膏型に、幸い皮膚がついてきている様子はない。顎も口も元のままである。

胸をなで下ろすようなホッとした気持ちで、一気に老女の顔から雌型を外したとたん、周りから「うあっ」という恐怖の声が上がった。

私も危うく両手に持った雌型を取り落としそうになった。

なんと老女は、閉じていたはずの両の目を見開き、我々を青白い瞳で見つめていたのだ。

居合わせた皆が皆、一瞬彼女は生き返った、と思ったろう。ないしは、私のように本人の許可もなく勝手にやった行為に対し、抗議していると思ったかもしれない。何がおこったのか誰もが分からず沈黙していた。

しかし、彼女は死んだままだった。

まだ完全に硬直していなかったのか、あるいはまつげに塗ったはずのワセリンが弱かったのか。いずれにしても外した折、石膏の内側にまつげがくっついて、上まぶたを開かせてしまったのだろう。

取り外した雌型の裏側つまり老女の肌に接していた白いはずの石膏の面には、点々と何やらついていた。思いの外、うぶ毛が多く、それが肌と石膏雌型のアンカーの役をし、間の真空状態も相まって、容易に取ることができなかったのだ。

もっとも、そのことに気付いたのはかなり後になって、続きの作業を再開してからである。


老女のまぶたを撫でさすり、元の眠りの表情にしてから、我々はそそくさと荷物をまとめ、その場をあとにした。


仕事場に戻ったその日はもちろんのこと、かなり長い間、私を含め三人の内、誰もビニール袋に入れた石膏雌型を取り出し、続きの作業をしようとはしなかった。

においというのは不思議なもので、死臭といえども人間が生きている時から持っているにおいの一要素である。死後はその一部が増幅されているに過ぎない。

一旦その臭いを鼻が記憶してしまうと、日常的に人間社会には普通にあるものなので、毎日それればかりが気になることとなる。

しばらくの間、私は仕事場中がその臭いで充満しているようで、悩まされ続けた。確かに仕事場の隅に置かれた石膏雌型の入っているそのビニール袋からは、本当にその臭いが発し続けられていたはずだが。

仕事場前の庭に高々とそびえる銀杏の木が美しく色付き始めた頃、その下で続きの作業を行った。それとなく依頼者から催促されたからではある。

雌型に剥がれやすくするための離型剤としてカリ石鹸を塗り、石膏を流し込む。その後麻の繊維を石膏で張り込んで充分に補強してやる。完全に硬化した後、雌型を割りさえすれば、離型剤の効いている雌型は、乾いた泥の塊を払い落とすように、塩釜焼きの鯛の塩でも割り落とすように、剥がれていく。

半日もかからず老女のデス・マスクを完成させた。

そのデス・マスクからも例の臭いが漂っていたが、それはもうそれ程強いものではなくあたりに落ちている銀杏のにおいの方が気になった。私の鼻も日常生活に戻っていたのだろう。

依頼者に連絡すると、喜んですぐに取りに来た。懐かしそうにしげしげと亡母との対面をすると、大事そうに胸に抱え帰って行った。

その後、一度訪ねて行った彼女の自宅応接間には、片隅に仏を供養する壇が設けられていた。信心深い人らしく、月命日にもお坊さんを呼んでお経を上げてもらうのだと言っていた。

在りし日の老女の遺影とともに飾られたデス・マスクを見ていると、私の鼻はあの時の記憶を呼び覚まされるようにむずむずした。が、臭いが蘇ることはなかった。

そのマスクは、もちろん目を閉じているのだが、よく見ると、その白い肌には本人のうぶ毛が転写され、点々とそのまま生えているのであった。

火炎

消防車のものらしいサイレンが聞こえる。近くで山火事でもあったのだろうか。学生達のざわめきが、やがて寮全体に広がってきた。神畑は、一向に頭に入ってこないドイツ語の教科書をベッドに伏せると、電気スタンドを消し、ドアの外に出た。

廊下の窓からサイレンの聞こえた方向を眺めても、濃い紫色の闇の中に、三棟の寮とその向こうに木々の陰が黒々と見えるだけである。

救急車の音も聞こえる。四棟ある寮の出入り口から学生が出ていく足音が、向かいの一段低い敷地に建つ四階校舎の壁面に反響している。

神畑は、階段を降りて玄関を出た。

先に出た学生の姿が、校内の数少ない街灯に照らされながら、影絵のように騒ぎの聞こえる北門の方へ向かっている。用意のいい者が地面を照らす、懐中電灯の光の輪も幾つか見える。

寮祭をやっても参加しない者も出始め、学生全体に以前ほどの活発さが無くなってきた。完成年度を終えた学校全体に無気力で虚無的な雰囲気が広がっていた。開校した当初のような教官と学生の和気あいあいとした一体感や、勉学に励もうという緊張感も失われ、次第に互いが互いに無関心になりかけていた。

が、今夜は何となくこのただならない様子に、次々に人影が同じ方向に向かって行く。低学年寮も、まだ消灯時間にはなっていないのだが、先輩に叱られるのが嫌なのか、さすがにそこからはあまり出て来る者もいない。

北門を出ると、正面を下ればバス停のあるキリスト教高校への道。左は学校の敷地を取り巻く砂利道。右は通称「住居跡」と呼ばれている弥生式の住居跡が幾つかと復元された藁葺きの建物が建っている高台に続く。北門からは目と鼻の先である。そこまでは車も行けるが、その先はハイキングコースになり、大きな自動車は入れない。

住居跡の下の小さな広場に赤い非常灯を点けた車が何台か止まっている。見上げると沢山のライトに照らされ、住居跡近くからうっすらと煙らしいものが上がっているのが見える。油と鼻をつくような何かが焼ける臭いが漂ってくる。

救急車がけたたましく緊急搬送のサイレンを鳴らし、坂を下って行った。

火事でけが人でも出たのか。

現場を遠巻きにしている学生達の間に、伝言ゲームのように、話が伝わってきた。

「井上が」

「ガソリン」

「いや、灯油」

「〇〇が見た」

「××が救急車を呼んだ」

「炎が高く上がって」

「中に井上の顔が見え」

「……」

「……」

南ベトナムの僧侶が体制に反対し、しばしば焼身自殺を図り、為政者の夫人は「人間バーベキュー」と揶揄したが、結果的に国際的な非難を浴び、それが元で彼等は失脚した。旧宗主国でありベトナム戦争の直接の原因を作ったフランスでも焼身自殺者が出ていた。

一様に体制に対する抗議、または反抗であった。

井上は何に対して抗議し、焼身自殺を図ったのだろうか。

一年下の学年で、野球部でキャッチャーをやり、周りから信望も厚く、学生会の活動も積極的にやっていた彼が、何故。

全身に灯油を浴び、自ら火をつけるその前日、神畑は井上と寮の風呂場の脱衣場で偶然一緒になり、ひと言ふた言、言葉を交わした。いつも通り温厚な顔で、人間プロテクターのようながっしりした体躯の彼は、度の強い黒縁の眼鏡の奥からぱっちりとした瞳で、少し恥ずかしそうに挨拶をし、入れ違いに出て行った。

次の夜そんなことをする様子は少しも感じさせなかった、彼。

学内では、二週に一度くらい単車の事故があり、人が死にかける程の大事故も珍しくはなかった。

取得年齢になるや否や単車の免許を取り、取ったとたんに自分の技量も顧みず、七五〇ccの単車を親にねだって手に入れるのが普通のことになっていた。

木馬にしか乗ったことのない子供が、いきなり暴れ馬にまたがるようなものである。自損事故、対人事故が頻発していた。

二人乗りし、前の車を追い抜こうとスピードを上げ、車線を越え、対向車に正面衝突した事故があった。後部席はロケットのランチャーと同じである。ぶつかった衝撃で、後ろの学生は車を飛び越え地面に叩き付けられ、全身打撲と内臓破裂で病院に運ばれた。

その時は、早朝から寮内放送で同一の血液型A型の人間が召集され、スクールバス一台分の学生が輸血のため病院に行った。神畑も行った。その学生はかろうじて一命を取り留めた。

来るべき時代の入り口に立ち、そのおぞましさに気づきながら、無力な若者達は自ら、誰もが荒れていた。

井上は明け方を待たぬ間に死んだ。全身重度の火傷である。

見舞いに行った、体育教官の田淵は、様子を知りたがる学生達に、

「井上君、なんでこんなことをしたんだ」

と尋ねたと言っていたが、大人の発するそんな問いかけ自体が、その原因の一部だと、

聞いた学生達の腹の底に白けた気持ちが広がった。

その夜、井上の遺体は、学校や学生達との別れのため、病院から車に乗せられ一旦校内に戻った。本館校舎前の芝生の上に整列させられた、寮生や居残った学生と教官の黒い影、その居並ぶ間をゆっくりと通ると校門から、自宅に向けて帰って行った。

街灯の下で、学生や教官達の死者を見送るとも思えぬ談笑は、車の到着を待つ間から見送るまで、絶えることはなかった。

井上は何に抗議したのだろう。

誰かの指示を待つこともなく、融けるように散会しかけた影に向かい、神畑は叫んでいた。

「お前ら。そんなんでいいのか。

自分の隣の奴を見てみろ。それで人間だと思えるのか」

神畑は自分でも、何を、何のために叫んでいるのか、何がそうさせているのか分からなかった。

人影は、皆立ち止まり、うつむいた。誰もが思っており、誰もが考えまいとしていたことを思い出させたのかも知れない。

「井上はな……」

それ以上は何も言えなかった。隣にいた背の高い清水が、見下ろすようにうなずきながら、よく言ってくれたとつぶやいていた。

言葉には出来なかったが、その時だけは共有するものが生まれ、また皆の気持ちが繋がったような気がした。

神畑はわけも分からず、人影のいない方へ走り、天を仰いで号泣した。

涙で滲んだ街灯の光は、自分では見もしなかった大きな火炎のように広がり、その向こうに井上の日焼けした顔が一段と浅黒く、苦しげにゆらめきながら消えていった。

渡舟

「お願いします」

城跡の木陰に立っていた若い女が声をかけ、庄吉の和舟にやって来た。

水から上げた漆黒の器と見まがう、艶のある髪を丸髷に結い、青い紋様の入った白っぽい紗の着物を着ている。その地色よりもさらに透けるように肌色の白い女である。

小さく旭川に突き出した桟橋と、舟との両方に地下足袋の足をかけ、印半纏を着けた姿で客を迎える庄吉の鼻先を、髪油の香りが通り過ぎた。

よほど身が軽いのか、少しも舟を揺らす気配を感じさせず女は乗り込み、舳先の方に進むと細身ながらもふくよかな腰を下ろした。


庄吉の被りなれぬ麦わら帽子のひさしに、何かが城の石垣の方から影を落とし、手にした棹の上を、ついーッと川風に逆らって飛行した。

ギンヤンマの飛ぶ季節になった。

そう思いながら見上げる庄吉の目には、どんな蜻蛉の姿でも、今だに十数年前炎の夜空に浮かんでいた、米軍のボーイングB29爆撃機の銀翼と重なって見える。

子供の頃には好んで眺めていた、秋空に乱舞している蜻蛉の群れを、昔のような無邪気な気持ちに戻り目で追うことは、もうあれ以来なくなった。


先月まで城跡で開かれていた博覧会が終わってからは、太陽の高い平日の昼時に出歩いて、渡しを使う客もそう多くはない。


戦後初めて開かれた、市を挙げての大きな催し物であったその博覧会を、庄吉も仕事の合間に覗いてみた。

本丸の跡地が主会場となり、鉄骨のやぐらの上に組まれた小さな観覧車や、子供向けの乗り物に若い親子連れが興じているのを見るのは、微笑ましいものであった。

が、あまり年代の違わない自分にも手に入れられたはずでありながら、今となっては取り返すことのできない時の流れを見せつけられるのは、庄吉にとって心の重いことだった。

どういう取り合わせなのか、一角には近年本格的に整備が進められている自衛隊の兵器が並べられていた。

軍隊にいた庄吉にも見なれぬそれらの戦車や自走砲は、日の丸が付いてはいるが、全て米軍のお下がりのようであった。

見張っている人間も、監視員というよりは、自衛隊の宣伝が役目と見える。並べてある武器は、退役寸前のものなのか、ある程度自由に触ったり、乗ったりできるため、どの鉄の塊にも、人が鈴なりになっていた。

自動車にすら乗ったことのない子供達は、M4戦車に乗り込み、興奮しながら歓声を上げ、

「おとーちゃんも、来にゃあいけんが」

「せめえなあー」

「わあー、いてえ、あたまあ、ぶつけたが」

などと開いた砲塔のハッチから元気のよい声が響いてきた。

それぞれの兵器の前には、使用する砲弾の見本が、空薬莢の先に弾頭をつけて並べられ、鈍い光を放っており、興味深げに子供達が覗き込んでいた。

気付いてみると、元は星のマークを付けていたはずのそれらの兵器は、どれもが砲身を天守閣のあった石垣の方に向けて並べられていた。

この場所に建っていた天守閣のことを思い出すと、庄吉は複雑な気持ちにならざるを得

ない。

そんなこんなで、博覧会場は映画くらいしか娯楽のない町の中では、春を迎えた華やか過ぎる空間であり、印半纏につぎだらけのカーキ色のズボンと地下足袋姿の庄吉には、服装の上からも場違いで、とても楽しめる気分にはなれず、早々に自分の舟に引き上げた。

その代わり博覧会の期間中は、見物を終えて城跡から後楽園に渡り、花見を楽しもうという客で、舟が沈むのではないかと心配になるくらいの人が乗り、目が回る程仕事は忙しかった。

若い時の庄吉は、母親の兼《カネ》には自慢の息子であった。

六尺近い立派な体躯に加えて、野田屋町の近隣で「木村のしょうきっつぁん」といえば評判の美男でもあり、徴兵され近衛兵に選ばれた折には、町内で祝賀会が開かれ、それがますます兼の鼻を高くした。

残念ながら、庄吉には都での軍隊生活や、水と気候が合わなかったのか、結核を患い、近衛師団を除隊になり、終戦まぎわまで療養所暮らしを余儀無くされていた。

そんな庄吉に、この二カ月程の休みのない労働は楽ではなく、その時の疲れがいまだに体の芯に残り、直射日光の照りつける舟の上で、時おり目眩を感じていた。

あまり好きでない麦わら帽を被りだしたのも、それがあったからである。

とはいえ、もう数カ月もして、目と鼻の先、少し川上に架けられている橋が完成すれば、この渡し舟も御用済みとなる。もともとそれを承知で引き受けた舟頭だ。

大人一人、片道十円。子供一日の小遣い銭程の渡し賃であるが、それでも、独りで三食食べる足しにはなっている。


「出すで」

他に乗る客もないのを見て、庄吉は女に声をかけた。

舳先近くに腰を下ろした女は、扇子を使い、ゆったりと胸元に風を送っている。

庄吉が、棹で岸を突くと、舟は波もたてず岸を離れた。周りに浮いていたアメンボが慌てふためいて四方に散り、すぐまた集まって舟の軌跡を追ってくる。

向かいの後楽園の岸までは、流れの強い日でも十数分である。

舟はほんのふた棹も突くと、川の上に枝を張った木々が濃い緑色の影を落とす、よどんだ岸の水面から、網目のように光を反射している旭川の流れへと出た。

たったひとりの客である女は、目的の舟着き場の後ろに見える、茶寮の建っている黒々とした対岸の森から夏空へと、黒蝶貝のようなつやつやした瞳を転じ、眩しそうに白い首筋を巡らして、さっきまで自分が立っていた城の石垣へ顔を向けた。

舟頭である庄吉は、舟を出す時と、岸につける時以外、客に話しかけることはない。ゆっくりと棹をあやつりながら、女の視線につられ、自分も石垣を振り返った。


子供の時から見なれた、黒い天守閣が石垣の上で紅蓮の炎に染まっている様は、いっとき、鉄塊が炉の中で徐々に熱を帯び、灼熱の色に変わり溶けていくのと同様な、えも言われぬほど凄みのある、見事な美しさであった。

それもつかの間、河口の方から市内に向け、次々に上空を通り過ぎて行く米軍の「超空の要塞」B29の下で、備前三十二万石の象徴、数百年前の軍事施設のかなめは、数年前に実戦配備されたばかりの羽の生えた機械の下で、全く無力なただの爆撃目標として、なすすべもなく、見る見るうちに崩れ落ちていった。


六月も下旬の未明であった。

何の前触れもなく焼夷弾の投下が始まり、野田屋町の家に療養所から戻ったばかりの庄吉が、ただならぬ気配で目を覚ました時には、すでに駅周辺や市内のそこかしこで、大きな火柱が上がっていた。

「防火訓練どおりに動いて下さい」

メガホンを使った男の声がどこからか聞こえていたが、その声も、すでに燃え上がっている家屋の木のはぜる音、瓦の落ちる音、そして何よりも市内の上空を次々に通過する、四発エンジンを搭載した、聞きなれぬＢ29の絶えまない爆音と、投下された焼夷弾の束が頭上ではじけ無数の鉄のバトンに分かれ、リボンの尾を引きながら降り注いでくる音にかき消されていた。

家からこぼれ出た人々は、皆誰もが追い立てられるように、少しでも炎から遠ざかろうと、あてもなく道路を走っていた。

庄吉は、身重の妻と、自分の母親の三人分、枕元に用意していた風呂敷包みや背嚢を肩に担ぐと、母の手を取り表に飛び出した。

妻は、結婚した時に庄吉から買ってもらい特別な外出の時に使う、黒珊瑚の簪を丸髷に刺し、モンペ姿の自分を映している鏡台を名残惜しく、恨めしそうにちらと見、防空頭巾を被ると後に続いた。

国防婦人会の集まりに出かける時でさえ目立たぬよう化粧をする、庄吉の妻はそんな女だった。

駅の方角はすでに真っ赤である。炎と熱風に追い掛けられるように、富田町から難波町の方へ向かう。火の手は後方のあちこちで上がり、道路の上にも燃え落ちたものや、火を噴いている焼夷弾がころがっている。

逃げまどう人々は、皆一様に近くの国民学校や女学校の校庭を目指していた。

庄吉達も火炎の見えない番町の方を目指し、柳川筋を越え、弘西国民学校の西門から校庭に他の人々とともに駆け込んだ。

すでにかなりの人影が、荷物を抱えて避難し、集まっていた。地面に座り込んでいる年寄りや子供もおり、そこだけ見ていれば、これから盆踊りでも始まりそうな風情だが、火の手は周りのそこここで上がり始め、未明の校舎を昼間のように照らしていた。

目を覚ました時、柱時計は午前三時を指していたように思ったが、空襲が始まってから、どのくらいたったのだろうか。

飽きることなく爆音が近づき、遠方からの積み荷の荷下ろしをするように焼夷弾が播かれていく。

上空では、B29の搭乗員達が、黒い部分を赤で塗りつぶすゲームに没頭していた。

彼等は、発進前の司令官の指示通り、オセロの黒いコマを全てひっくり返し、白ならぬ赤に変えるように、黒く残っている地域を真っ赤に染める火の雨を降らせる作業を、入れ代わり立ち代わり、忠実に遂行し続けた。

校庭に走り込んだ庄吉達が座り込む間もなく、編隊を組んだ数機が上空に近づいて来た。地上の炎で銀色に輝く機体の胴に、パックリと大きく長四角い穴がふたつ見える。その爆弾倉から、庄吉達の頭上に尾羽根の付いた薪の束ほどに見えるものがバラまかれた。それらは数秒後にはひとつひとつが空中で小さな破裂音を出し数十個のリレーバトンに分かれ、ザーッという雨のような音とともに幾百幾千の焼夷弾となって、白いリボンの尾を引きながら降り注いできた。

庄吉は、その中のひとつが市内でも珍しい鉄筋コンクリート造りの三階建校舎の窓ひさしに当たり、コンクリートの破片が飛び散るのを見た。

騒然となり、再び一斉に走り出した校庭の人々は、正門からしぼりだされるように、就實女学校の方になだれ出た。庄吉はその時自分の周りから家族が消えているのに気付いた。

引き返そうと振り向いて、押し寄せる人込みの頭越しに見た校庭は、地面全体が燃え上がり、そこかしこで、人間の形をした炎を噴き上げていた。

人の流れのままに、土手筋に上がり、上出石から中出石に出た。土手下の中心市街全体を覆い尽くそうとしている真っ赤な炎とは対照的に、黒々と戸締まりをされ、灯りを消した出石の家並みは、庄吉には音のない静かな世界に思えた。

津山街道の瓦屋根の谷間に、ひたひたと足音が響き、燃え盛る町の中心部から醤油屋と酒屋の長い板壁に挟まれた石畳の坂を駆け上って来る人々と、後楽園通りの備前焼レンガを敷き詰めた道で合流した。

ますます数を増した避難する無数の黒い影は、流れを集めた本流のように、鶴見橋の方に向かってうごめいていた。

誰もが旭川の向こうにしか安全な場所がないことを悟っていた。

渡河できるのは、このあたりにはただひとつしかないこの鶴見橋だけである。

殺到した人影の群れは、橋を渡ろうとして詰まり始め、手前で動きが鈍くなった。

しかし、後からあとから押し寄せる人の波は留まるところを知らない。庄吉は、はじき出されるように、下出石方向の南の路地へ押し流された。

そのまま路地を抜けて、川土手に出た庄吉が見たものは、大きく左に蛇行した旭川の下流正面で、ハゲタカの群れに襲われ、なすすべを知らぬ老牛のように立ちつくす烏城だった。

一瞬、夕陽に染まる城と赤とんぼを見ているような錯覚に陥ったが、それはすぐに石垣の上で炎の塊となった。

満開の花びらが一気に散るように、崩れ落ちた天守閣を、残された石垣を見るたびに昨日のことのように思い出す。庄吉は棹を持つ手に力を込めて、手ぬぐいで鉢巻きをした額と眉間にしわを寄せながら、ふと客の方を見た。

ひとりで乗り込み、舳先に座っていたはずの若い女は、いつの間にか乳飲み子を膝に抱いていた。

赤児は屈託のない笑顔で母親を見上げ、手足をぱたぱたさせ、しきりに口を突き出すようにせがんでいる。

女はしばらく、あやすように、じゃらすように扇子を使い、風を送っていたが、怪訝な面持ちで棹を握っている庄吉の陽焼けした顔を、いたずらっぽく、ちらと見ると、何のためらいもなく胸をはだけ、左の乳房を出し、乳首を赤児にくわえさせた。

すべてが自然な女の仕種には、ただ一人の客として乗ったはずの渡舟で、気がついたら乳飲み子を抱いていたことの不思議を、なんら庄吉に感じさせない、柔らかな力があった。

市内の多くの人たち同様、家族を失い、戻る家を亡くした庄吉は、つい最近まで、後楽園門前の蓬莱橋の脇に、八畳程のバラックを建てて住んでいた。

その小屋の奥半分で寝起きをし、表の半分で小さな靴屋を開いていた。小学生のゴム底の運動靴や、子供達が川原で遊ぶ時に履くゴム草履を売り、大人の革靴の踵を打ったり、靴底を張り替えたりしながら暮らしを立てていたのである。

橋の周辺や橋の下には、庄吉同様の境遇の人間が軒を連ねて住んでいたのだが、違法建築であることには間違いなく、市からの要請で立ち退きを迫られ、その数も徐々に減っていった。

庄吉もそれなりに住み心地の良かった小屋を出ることにした。知人や親戚を頼り、他の土地に移ることも出来たが、住み慣れた岡山から離れたくはなかった。さりとて野田屋町の土地に戻る気には到底なれず、今は東川原で農家の桃畑に囲まれた一角に建つ、小さな借家に移り住んでいた。

四十を超えた独り者を雇ってくれるところがあるわけではない。少しは手元に貯めてある金で、そのうちどこかに小さな靴屋を開くつもりでいた。

この渡舟の舟頭の仕事もそれまでのつなぎである。前やっていた老人が亡くなって、橋ができるまでの代わりを探していた市の職員が、立ち退きの交渉の際に口利きをしてくれたものであった。

庄吉がほとんど棹をあやつる間もなく、舟は周りのアメンボに、送り届けられるように後楽園の岸に近づいて来た。

さっきと同じものだろうか、いつの間にかギンヤンマが、止まって休みたそうに、空中で羽をひねりながら、棹のてっぺんをねらっている。

「おめえらは」

庄吉は、いつもどおり口に出さずに、問いかける。

「海ぃ渡って、遠ぇーとこまで飛べるんじゃねーんか？」

そんな庄吉の様子を、なんの愛想もない舟頭、と気づまりな思いをしているふうもなく、女は胸をはだけ、赤児に乳をふくませ、相変わらず黒蝶貝のような光沢の瞳で、面白そうに見上げている。

庄吉にとって、青と赤の血管がうっすらと透けて見える女の胸元は、あまりに白く目に痛い。

空襲の終わった頃、旭川の川土手で日の出を迎えた。

その朝から、庄吉は、弘西国民学校の校庭で別れた母や妻の姿を捜し、くる日もくる日も焼け跡の市内を尋ね歩いた。

どの学校の校庭も広場も、避難所というよりは、遺体の集積場といった方が良く、折からの暑さで傷みも早いため、すぐに引き取り手のなかった骸は、寺の片隅などで次々に茶毘にふされていた。

庄吉は、すべてが木炭と化した、異様な臭気が充満している市内の主な学校の校庭や避難所を、二人の姿を尋ねて回った。

くすぶりながら、骨組みだけが、わずかに残っている岡山駅舎の脇を抜けて、何本も何本も鉄路を横断し、何のあてもなく広大な操車場の方までも捜し歩いた。

汽笛が聞こえた。

かろうじて走っている支線もあるのだ、と線路の間に立ち、なんとなくホッとした気持ちで迎える庄吉の方に、蒸気機関車の力強い姿が迫ってくる。

と、その煙の後ろを追って、銀色の粒がひとつ、西の空からまっすぐに近づいてきた。

あっという間にそれは、米軍の空母艦載機Ｆ４Ｕコルセア戦闘機の姿となり、そのとたん、カモメのように折れ曲がった翼の縁から列をなして火の束が吹き出してきた。

機関車は庄吉に白い蒸気を吹き掛けるように通り過ぎた。その直後、曳いている客車の屋根に金属片が飛び跳ね、満員の車内から、悲鳴が上がった。庄吉の目の前の線路と枕木の間をミシンで縫い付けるように機銃弾が砂利をはね上げ流れていった。

庄吉のわずか数メートル先を機銃掃射した単座の戦闘機は、着弾した地面のすぐ後を追い掛けるように、驚く程の低空を通り過ぎ、星を付けた翼を捻りながら上昇していった。

操縦席に座り白いマフラーをした若者は、通り過ぎざま、半ば逆さまになりながら、庄吉に向かってまるで親しい遊び相手に出会い、一緒にゲームでも楽しんでいるかのように、笑顔で手を振っていた。

庄吉の中で、張り詰めていた骨組みが全て一息に崩れ落ち、その場に膝を折った。

結局、母と妻の髪の毛一筋さえ見つけることができぬまま、一年後に庄吉は半田山の墓地にふたりを弔った。墓の中には、弘西国民学校の校庭から集めた肌色の土をふた握り、背嚢に残っていた手ぬぐいをふたつに裂いて包み、納めた。

自分の母や、妻のことを思い出さぬ日はないが、十数年が過ぎ、何もかも失い、写真どころか遺品といえるものを全く持たぬ庄吉には、頭に浮かぶ家族は霞の向こうにいるような存在となりつつあった。

自分を見て微笑んでいる、あの時の妻と同じ年頃の女に、ふと、なにか問いかけてみたい、という思いにかられたが、いつもの癖で、口から言葉が容易には出ない。躊躇しているうち、舟はアメンボに担がれた輿のごとく送り届けられ、静かに後楽園側の板張りの桟橋に着いた。

棹をあやつり、舟と岸とに再び片足ずつをかけ舟を押さえると、女に立つよう目で促した。

胸元を直して、乳飲み子を抱え、立ち上がり、少しよろけた女に手を貸してやりながら、庄吉は、

「あんた、名前は、なにいうん?」

十数分間の沈黙の渡舟後、いかにもぶしつけで唐突な舟頭の問いに、女は気を悪くしたふうもなく庄吉を見ると、

「いま」

とひと言答え、声をたてずに笑った。

まるで、それは庄吉の問いを舟に乗った時から待ちかねていたとも思える、屈託のない返事だった。

にこやかに笑いながら、抱いた子に川から照り返す陽射しを、扇子で避けながら、それ

以上何を言うこともなく、石段を上がり、茶寮の方の暗い道へ向かって行った。

自分の指先に残された、女の冷たい手の感触を片手で握りしめ、少しの間、庄吉は舟と岸に足をかけたまま立ちすくんでいた。

闇のように黒々と沈んでいる茶寮の森に、白い着物姿が吸い込まれていくのを見上げ、何かを思い出したように我に返って麦わら帽子を投げ捨て、棹を舟に置くと後を追った。

棹に止まりかけていたギンヤンマはあてが外れたように羽を震わせると、川の方に戻って行った。

庄吉が道へ上がった時、すでに女の姿は消えていた。

何本も道があるわけではない。庄吉は弓道場の方へ向かってみた。ベンチや木陰で休んでいる老人や子供の手を引いて散歩している母親はいるが、

「いま」

と名乗り赤児を抱いた女の姿はどこにも見当たらない。道の先は川になり行き止まりである。

引き返し、しばらくの間そのあたりを捜し、歩き回った庄吉は、妙な疲労感を覚えて舟をもやった桟橋の方に戻った。

岸にはいつも庄吉が休憩に使っている、椅子代わりにひっくり返した酒樽がひとつ、対

岸の城跡を眺める位置に向けて置いてある。

庄吉は、頭に巻いた手ぬぐいを取ると、印半纏の裾を両手で跳ね上げ、ドッカと樽に座り込んだ。

いつも通り城の石垣を見つめ、深いため息をつくと、一気に出た疲れでふっと目を閉じた。


少し傾いた陽が、庄吉の顔を照らし始めた。


目をしばたたきながら、まぶたを開けた庄吉は、夏物の背広姿でベンチに座り、股の間の地面に黒檀のステッキを両手で突き、手の甲に顎を載せていた。口ひげが少し濡れている。いつの間にか寝入っていた、と中折れ帽をかぶった頭を上げた。

対岸の石垣の上には天守閣の屋根が、黒い羽を広げた烏のようにそびえ立ち、川面に姿を映している。十数年前にコンクリートで復元されたものだ。右手の方には、すっかり周りの景色に溶け込んで、銀色に塗られた鉄骨の月見橋が少し色褪せて見えている。

庄吉はステッキに寄りかかったまま、よろよろと立ち上がり、さっきまで自分が探し求めていたはずの、

「いま」

という女が、そのあたりに居はしないかと、眼鏡の縁から上目遣いに、きょときょとと見回した。

川岸には、古びた和舟が一艘もやってある。

誰かの釣り舟なのだろう。おぼつかない足どりでステッキを使い、一歩一歩足元を確かめ、確かめ、桟橋と舟とに足をかけた。

かろうじて、舟に移ると曲がった背筋を伸ばし、舟頭の時代に戻ったように船べりに立った。

習慣のまま無意識のうちに、もやった綱を外すと、ステッキを舟の棹のように両手で持ち直し、構えた。

揺れた舟の周りで、アメンボが一斉に四方に散り、又、舟を支えようと集まってくる。

舟は静かに岸を離れ、何かの力で静かに進み始めた。

金平糖をまき散らしたように輝いている、川の半ばまで出た時、庄吉の構えたステッキの先に、やはり何かが飛んで来た。

眼鏡ごしに見た、銀色のそれは、遠い遠い昔に見たB29と同じ姿をしていた。

反射的に、石垣の上に目をやった庄吉の視界からは、先程後楽園の岸から見たはずの真新しい天守閣が跡形もなく消え、主のいない高い石積みだけが夏空を背景にそそり立っていた。

代わりに、石垣の下には自分が向こう岸に渡したはずの、白い着物を着た女が、焼き緑青色の暗い木陰でこちらに向かい、一人きりで立っている。

痴呆のように口を開け、「いま」と名乗った女の方に、思わず手を伸ばした庄吉の上体が大きく傾き、舟が揺れた。それは、遠目には、目に見えぬ担ぎ手に揺さぶられる、神輿を見ているようであった。

城跡の石垣の下で、白い和装の女は、人をまねくように扇子を使い、胸元に風を送っていたが、舟の脇に上がった水しぶきを見つめ、軽く膨らんだ腹に左手をあてたまま、うなずきながら一層嬉しそうに微笑んだ。

旭川の底に沈んでいく庄吉の目には、女の丸髷に光る黒い珊瑚の簪が、はっきりと焼き付いていた。

春蘭

人が立っているとは思わなかった。

陽が傾きかけると、仕事場前の庭は、作業用プレハブの陰になり、ボウボウと伸び始めたナタネの株が、そこここで人影のように見える。先端が少し黄色く染まってきたその塊の前に、本物の人間が立っていた。

大分陽が伸びたと思いながらも、さすがに少し手元が暗くなり、顔を上げた私の方へ向かって、その男はなにかつぶやいている。

よく見ると、この仕事場の大家である寺に出入りしている植木屋である。

広重の素描に出てくる江戸職人のように、横広のがっちりした体躯と顔つきは、いかにも関東人のもので、職業柄日焼けした肌色は、いつもは栗毛の尻皮を思わせる光沢を放っている。それが今日はどうしたことか、暮れ始めた白っぽい春先の陽射しに溶け込むようにかげが薄く、いつもの印半纏を着ているのに、すぐには彼と気付かなかった。

寡黙な職人然とした彼は、片手に移植用の小さなスコップを持ち、まだぶつぶつとなにか言っている。

挨拶をかけると、私は立ち上がり縁に出た。

「……」

「えっ」

と、聞き返す私に、彼はボンヤリと視線を宙に浮かせたまま、ボソボソとつぶやいた。

「そうじゃないと思うんだけど……」

「そうじゃないと好いんだけど……」

一向に要領を得ない彼の言葉に、少し強く尋ね返す私に、はっと正気を取り戻したように、

「死体じゃないと思うんだけど……」

「そうじゃないと好いんだけど……」

と、繰り返した。

ただ事でない言葉に、驚いて聞きただす私に向かって、彼はやっと説明を始めた。


都心から一時間もかからぬ土地だが、本数の少ない私鉄に乗り換えるのが災いしてか、あたりは取り残されたような田園風景である。それでも、時代の流れには抗えず、小さな駅から徒歩五分程のこの寺も、こんもりとした森に囲まれた寺域の周りは、次第に住宅や

らスーパーマーケットやらに取り囲まれ始めている。

檀家が五百軒を超え、貧乏寺からは肉山とうらやましがられている裕福な寺は、昨年本堂の建て替えを終えてからも、広い寺域のあちこちで整備を進めている。

北から西にかけては昔からの立派な木々が、真新しい本堂の大屋根を覆い隠し俗世間から寺を守る趣のある風情である。ただし西の斜面を少し下れば、すぐそこまでスーパーの駐車場が迫っている。


植木屋が言うのには、ちょうど良い時期なので、例年通り本堂の西の林に、春蘭を採りに入っていた。探している内に、人間の死体らしいものがあったので慌てて出てきた。薄暗い林の中で何かを見間違えたのかも知れないが、もう一度入って確かめる気にもならないし、誰かに言っても気味悪がられるだけのような気がする。

「そうじゃないと好いんだけど」

「そうじゃないとは思うんだけど」

と、また、最初と同じ言葉をつぶやくのだが、内心は自分の見たものが間違いなくそのものであると思っている様子が見て取れた。

私は、履物をつっかけると、庭に降りた。

話を聞いていたはずの他の者は仕事に向き合ったまま、だれも顔を上げようとはしない。寺から借りている仕事場の敷地は、狭い道路を鉤の手にはさみ、寺域とは別区画となっている。

庫裏との距離が近いだけに、先代が急逝し、養子として大寺院の住職を継いだばかりの二十歳そこその若い「御前さん」は、何か面白くないことがあると、気晴らしに怒濤のごとく仕事場にあらわれ、我々の作業にはおかまいなく喋り放題、言いたいことをまくしたてては去っていく。

仕事場の門を出て、路地を渡れば寺の敷地である。

右手には深々とした森を背後に、真新しい総ケヤキ造りの本堂が、借りてきた建築見本のように居候然と建ち、その前から真っ白い石畳の参道が南へ伸びている。本来はあるべき山門といえるものはこの寺にはない。

今、建立中の鐘楼は、石積みだけが和菓子屋の息子がいたずらで重ねた羊羹のように積んであり、参道の中程、西手の脇に見える。

数週間前、この工事を見ていた。鐘楼の四本柱を立てるためコンクリートで小屋のような高い基礎を作り、そのまわりに、化粧のため二メートル程の高さに切り石を積んでいた。

ちょうどその基礎と切り石積みの間を固めるためコンクリートを流す作業をやっていた

のである。あまりに勾配のない無粋な石積みは豆腐細工のように頼り無く、首を捻って見ていたのだが、翌朝出勤してみると、流し込んだコンクリートの圧力で、積み上げてあった一個みかん箱二つ分はありそうな白御影の石積みは、見事にはじけて崩れ落ちていた。周囲の立ち入り禁止の鉄パイプのガードも無惨にへし曲がっていた。

今見えている石積みは、その後継であるが、二世もたいした姿ではないので、あまり見たくもない。その脇を通り抜け植木屋の後に続き、西の林の入り口に着いた。

歩いてきたこの通路はそのまま林の前を通り過ぎ、けもの道のように西に抜け、スーパーの脇に下っている。仕事場近辺の住人は、買い物への近道に使っているようである。

案内してきた植木屋は、林の入り口に一歩踏み込んだが、それ以上中に進もうとはせず、手にした移殖ゴテで示すと、ろくに自分の指す方向を見ようともしないで言った。

「そこ、そこらへんなんだけど」

指しているのは十数メートル入ったあたりで、思いの外奥まった場所ではない。

生えている高い木は落葉樹ばかりで、葉の付いている潅木もあるにはあるが、さっき彼が説明していた程薄暗いわけではない。思ったより明るく、むしろ周りの通路からは丸見えと言っても良い。中に入ってそこここを見るが、中は適当に整理されており、特にそれらしいものはない。

「なにもないねえ」

私の言葉に、

「ほら、そのあたり、その木の根元のところ」

と、少し焦れったそうに、移殖ゴテで指し続ける。

その返事は、放心状態で喋っていた先の言葉とは裏腹に、実は自分の見たものがなんであるか確信をしている人間のものであった。

彼の指すところに何本かある立ち木の下には、暮れかけた斜の光に淡く照らされた石とその脇に、薄桃色の春蘭が一輪、人待ち顔の少女のようにひっそりと、はずかしげに咲いており、少し離れて打ち捨てられたゴミ袋が二つ、ひからびたように破れてつぶれている。

「何もないよ。ゴミしか」

と、言いながら、袋の片方の先を見やると、夏物のサンダルが転がっているのが目に留まった。おやっ。よく見ると別の所にもう片方が。

再び見直すと、破れたゴミ袋だとおもったものは花柄のような夏物のスカート地であり、もう一つの方は薄汚れた白い布の塊である。

そのボロ布のすぐ脇、先ほどの春蘭が咲いているそばの石と思しきものが、半分落ち葉に埋もれこちらを見つめている。

しゃれこうべの片目であった。

これか、とやっと気が付いた。つぶれた二つのゴミ袋と見えたのは、胸骨の膨らみを包んだ白いブラウスと、腰骨をくるんだスカートだったのである。

「あったよ」

と、言いながら、可憐な花の脇に横たわっている恨めし気な頭骨を再び見る。

小振りで頭頂が丸く、顎の骨は小さく減っている。着衣を見直すまでもなく、老婆のものと知れた。

「やっぱり、そうだった？」

と、泣きそうな声で聞き返す植木屋に、取りあえず住職を呼んで来るように言い付けた。

ほどなく、若い寺の主がやって来た。が、いつもとはうって代わって言葉数の少ない神妙な面持ちである。やはり林の中には入ってこない。

「お婆さんの死体らしいんだけど、どうする？」

「交番へ知らせよう」

自分の敷地内の出来事を僧侶としてどう対処するのか、いささか興味がある。

「それもいいけど、まずお経のひとつも上げてやれば？」

と、言う私を尻目に彼はそそくさとスーパー近くにある交番に向かい、下って行った。

相変わらず入り口に立ちすくんでいる、第一発見者である植木屋の話では、時おり家から抜け出し、自分の帰る場所が分からなくなったお年寄りが近辺をうろついていることがあるそうで、そんな中の一人なのだろう。

すぐに警官がやって来た。制服を着ていなければ、その辺で畑を耕している農家の主人と見分けはつかない。田舎の交番勤務で、せいぜい空き巣くらいしか相手をしたことがないのか、戸惑っている姿は、植木屋や住職と何も変わりがない。

どこから聞き付けたのか、林の入り口にいる人もだんだんと増えてきており、いつの間にか仕事場にいた連中も皆、林の外から遠巻きに眺めている。

その中の好奇心の強い一人は中に入って来て、私のそばでしゃがみ込み、骸を一緒に見ていたが、いつの間にか拾い上げた小枝で頭骨を突っ突いている。

それをたしなめながら、一向に中に入って来ない警官にどうするのか尋ねた。

「今、警察を呼びました。すぐ来ますから」

その日一番の極めつけの言葉に、一気に脱力してしまい、その場に居続ける緊張感を失った私は、自分の仕事を片付けようと立ち上がった。

振り向いたら、あたりは春蘭の花弁から流れ出た白い薄闇に包まれ、春蘭も脇にあるはずの老婆の頭骨も、その中に溶け込み、もう見えなくなっていた。

化仏

庄司銀平は、いつもの朝と同様、丈六の阿弥陀如来像の前で祈っていた。

前、といってもガラス越しである。

この阿弥陀堂が収蔵庫の機能を兼ねてコンクリートで新造され、お像が移されてから十数年になる。

少し離れて建つ本堂の後ろに、江戸時代に創建され壁面に飛天が描かれた元の木造阿弥陀堂の時代には、上がり込んで近くでお参りしていたのだが、今ではそれも気楽にしづらくなった。

毎朝の日課通り、自分なりの作法で参拝を終えた銀平は、農作業で日焼けしたしわだらけの顔でへの字に口を噛み締める。

「無念だ」

「なんとかせねばならねぇ」

自分の半生の間、この像の前で繰り返し毎日つぶやき続けた言葉が、今朝も自然に口をついて出てくる。いつもならそれで参拝は終わるのである。

が、今日はすぐには立ち去らなかった。

銀平は昨日、住職と共に一人の男と会った。永年の住職との話し合いの中で、やっと思いの道が見えてきた。

「これでなんとかなる」

そうは思っても、慎重な銀平には、にわかに口には出せない。再びロウソクの灯る堂の中にぐりぐりと目をこらす。


天気の良い日には、ガラスの反射で、薄暗い堂内に何が安置されているのか、慣れた者でも見づらい。

阿弥陀堂の前に流水を引き込み作庭された池にときおり来るカワセミが、そのガラスに映る池に飛び込もうと激突することもある。

このあたりで、「會津大佛」と呼ばれる、一丈六尺の弥陀の坐像は、天井の高い堂内で両脇に等身大程の脇侍を従え、高さ一メートル、幅十メートルもあろうかという横長の須弥壇の上で、巨大な蓮華座にましましている。

向かって右に、膝の上で両掌を仰向け五指を伸ばし、両手先を差し出した形の観音菩薩像、左が胸前で合掌した勢至菩薩像である。どちらも蓮華座に跪き、少し腰を浮かし気味に、来迎の弥陀に付き従う姿勢をとっている。

観音像の両手には本来、亡者を迎えるための蓮台が捧げ持たれているはずだが、それはいつの頃からか失われている。そのくらいのことは銀平も知っている。

「なんとかせねばならねぇ」

繰り返しそう言いながら、見つめる彼の視線の先にあるのは、阿弥陀如来の背面後方を占める大きな後光、畳十数帖もあろうかという光背であった。

定期観光バスのコースにもなっているこの寺の呼び物は、ガラス越しに拝観できるこの大仏だが、多くの観光客の目は、なかなか光背にまでは届かぬ。よもやその光背に、千躰の小さな阿弥陀仏が化仏として配されていることまでは、余程関心のある客以外、記憶にとどめることはあるまい。

まして、本来千躰仏としてあるべきこの像の化仏が、千の数に満たぬことや、その理由までは。

銀平は、彼の手のひらにも満たない大きさの、蓮華に坐った化仏が全部で何体あるのかを正確に知っていた。それどころか、皆金色で、頭部が墨のように濃い群青で塗られ、口に朱をひかれ、蓮華座に坐った小さな阿弥陀仏のやさしい表情と、木造漆箔のなんとも言えぬ温かな感触をも、銀平の両掌ははっきりと記憶していた。

「忘れるものではねぇ」

小柄な銀平は、両手をさい銭箱で支えると、半世紀近く前の戦で受けた傷で、あちこち硬いしこりの残る猫背を反らせながら、巨大な光背の中では盆にまき散らされた大豆のようにしか見えない、小さな化仏を凝視した。

直立し、背筋を伸ばすと、否応無しに戦車兵として従軍した時代のことが脳裏によみがえる。

一時は国宝にもなっていたこの大仏は、もともとは、土地の人から上三の寺と呼ばれている、この寺のものではなかった。開創以来の本尊は、二十五菩薩などとともに、本堂に安置されており、もっとずっと小さな阿弥陀三尊像である。

大仏は、平安時代末に造られ、広く平らなこの盆地内の、東の方にもっこりと小高く見える山の廃寺にあったものを、その昔三百年程前に、客仏としてこの寺に招来したものであった。

この上三の寺自体も、一時は名前を会津若松に移した時期もあったようだが、この地での安堵を許され、江戸時代になった頃、現在の場所に落ち着いた。

それとともに、周辺は整然と区画整理が行われ、現代に至り、つい最近まで、妻入りの豪壮な農家が、わら葺きの軒を並べていた。銀平の住居も代々寺を支えるその一軒であった。

銀平の家の裏から、二、三分も歩けばほとんど庭続きのように、何の境界もない寺の庭や墓地に出られる。銀平は欠かすことなく、毎日この寺に参拝に来るが、もう何年も山門をくぐったことはない。


明治以降、さまざまな戦に銀平の村の若者も徴兵され、召集された。

いつの頃からか、彼等は親しく拝観していた大仏の光背に付いている化仏をひとつ取り外し、我が身のお守りとして携帯し、戦地に赴くのが慣例となっていた。

入営する前日、住職に挨拶に行き、大仏にお参りした後、自らヤットコや釘抜きで化仏の蓮華部分に打ち付けられている、黒ずんだ銅釘を引き抜き、その釘を住職に預け、自分は腹に巻いたサラシの奥深く化仏を挟み込んで、駅舎から見送られるのである。

除隊となり、無事に帰還した者は、家に戻るのもそこそこに、家人が用意してくれた米やら野菜やらをたずさえ、寺に挨拶に行き、自分の守り本尊であった化仏を元の場所に戻し打ち付ける。

先端の高さが、二階家の屋根程もある光背である。大仏の台座や、膝上に乗ったとて、それ程上の方の化仏にまで届くものではない。

必然的に下の方ばかりが、持ち出され、戻され、そして戻らなかった。大仏の腰の隅に隠れたあたりは、ほとんど化仏を止めていた釘の穴しか残っていない。

化仏を元の場所に打ち止めることの出来なかった若者達。仏は身替わりになってくれるわけではなかった。戦地で若者を浄土にいざない、共に逝くのである。

銀平も先輩達同様、皆がやってきたように、特に深く考えることもなく、入営前に目に付いた一体の化仏を取り外し、自らの念持仏として発って行った。

銀平は戻った。が、彼の化仏が戻ることはなかった。

多くの若者達とともに戻ってこなかった化仏の中で、唯一、銀平の化仏だけは持ち主の身替わりとなったのである。


銀平は、関東軍の戦車部隊に配属された。駐屯していたのは、満州北方、ソ連との国境近くの僻村であった。

ソ連軍のT34中型戦車に比べれば、ダンプカーと小型トラック程も差のある銀平達の軽戦車である。一旦戦端を開けばかなうものではない。その上、戦車隊といいながら、肝心の車輌は南方戦線に取られ、規定の員数には満たず、おまけに燃料不足で訓練とてままならぬ。

階上に追いやられ、梯子を一段ずつ外されているような状態に、誰もが殺気立っていた。

小柄な者ばかりの戦車兵の中でも、銀平はとび抜けて小さく、また、会津人特有の融通の利かぬ頑固さが災いし、古参兵からいわれのない難くせをつけられ、格好の気晴らしに使われることもしばしばであった。

ある日、銀平はいつも通り、古参兵の猪野から理不尽な言い掛かりをつけられた。猪野は私物改めと称して、何かめぼしいものを巻き上げようと物色し、背嚢の奥深く隠していた銀平の化仏を見つけた。

これは何だ、と問いつめる古参兵に一徹な銀平は直立したまま、言葉少なく、

「お守りであります」

と、言った。

そのとたん、鉄拳が飛んでくるのは承知の上である。案の定、

「神国日本の兵が、仏のお守りを持つとは何ごとか」

「この軟弱な非国民！」

「足を開け！　歯を食いしばれ！」

という怒声の一瞬のちに、左頬に強烈なビンタが飛んできた。正面から鉄拳を喰らわせると鼻の骨が折れたり、鼻血が止まらなくなったりで、騒ぎが大きくなり、上官から叱られるのは古参兵も嫌と見える。正面から来たら大袈裟に床に飛ばされてやろうと身構えた銀平は、歯を食いしばって両足に力を込め、なんとか姿勢を保った。

口の中が少し切れたようだ。

その時、たまたま外を通りかかり、騒ぎを聞いた中隊長付き士官の西川少尉が入って来た。

銀平を張り付けた古参兵に比べれば、三つ四つは若い、慶應大学出たての士官である。いつも穏やかで、眼鏡を掛け、逆三角形のおとなしげな顔つきの彼は、陰で「山羊さん」と呼ばれていたが、どこか品の良い威厳を具えているため、古参兵達も表立って逆らうことはなく、特に若い隊員達からは慕われていた。

「どうしたのか？」

「この者が、このようなものを隠し持っていたので、注意をしたのであります」

猪野はそう言いながら、銀平の化仏を西川に差し出した。

銀平は当惑した。古参兵相手なら、最後は重営倉入りになろうとも、喧嘩してでも取りかえす自信も覚悟もあったが、士官相手ではそうもいかない。

西川少尉は、目を細めしげしげとそれを見ていたが、裏面に書かれている、墨書きの文字を読むと、うなずきながら、

「君は会津か？」

と尋ねた。

「そうであります」

直立し、口の中一杯に滲み出た血を表に見せぬよう、口を開かず返答した。

事情をうすうす分かっているはずの西川少尉である。兵が怪我をさせられたことがあからさまになれば、古参兵に注意せざるを得なくなる。そうなるとまた、自分に数倍にもなって嫌がらせが返ってくることを銀平は知っていた。

「そうか、大切な守り本尊だ。大事にしまっておけ」

そう言いながら、西川少尉は化仏を両手で軽く押し頂くと銀平の手に渡し、古参兵を軽く見据えるように挙手し、

「御苦労！」

と、大きく一声掛け出て行った。

猪野は白けたように、所在なく、

「酒保に行って来る」

と言い残すと、部屋をあとにした。

何のおとがめもないことに拍子抜けした銀平は、口の中のものを飲み込むと、自分の寝台に腰を落とした。

銀平と同期で入隊した兵達は、

「山羊さんは、何でも大学で歴史の勉強をしていたそうだな」

「それも仏教美術専門だったらしい」

「そうとうな変わりもんだな、ありゃ」

彼等は銀平が大事そうに両掌に載せている化仏を、遠目に眺めながら口々に西川を評した。

銀平は、そんなことよりも、自分が数カ月前、大仏の光背から外したその化仏の裏に文字が書かれていたことなど、気付いてもいなかった自分自身を恥じていた。

西川少尉は、明らかにその化仏を見た瞬間、懐かしいものに出会えたような表情をし、裏返してその文字を読み、自分の記憶を確信していた。それだけのことで銀平の出身地を言い当てたのだ。

自分にとっては、村の若い衆が昔から続けている習慣に倣っただけのことであり、ただのお守りとしか思っていなかった、小さな阿弥陀仏である。

銀平は、あらためて像をまじまじと眺めた。仏も、坐っている蓮華座も一体の造りで、手のひら程の木材から一材で彫り出されている。像の蓮華座は、檸檬を縦四つに櫛切りにし寝かせたくらいの大きさであり、中央に箸が入る程の穴が貫通しているのは、銀平が引き抜いた銅釘の打ってあった痕だ。仏は胸前で合掌した両手を衣に隠し、その蓮華座に結跏趺坐している。蓮華座には浅く蓮弁が五枚表されているが、たっぷりと厚い漆の層に覆われ、総じて彫りは浅く見える。重々しい金箔張りのお顔は、指の先ほどしかないが、やさしげな目が描かれ、口にはわずかに朱が残っている。

裏から見た化仏は、像から台座まで扁平で、ほとんど何も彫られていない。台座の裏の部分は艶の深い黒々とした漆の色であるが、その他は金色である。背中には薄い銅板を帯状の平らな輪にして作った、径二寸程の輪光背が打ち付けてある。

件の文字は、光背に見えかくれしながら、小指の爪程の大きさで、像の背中一杯に二行に亘り金箔の上に墨書きしてあった。

銀平にとっては読みづらい字体で、

○○年
熱塩村○○

と、記されている。

最初の行は年号らしいが、銀平にはそれがいつのことなのか、見当もつかない。二行目は自分の在所である上三から、県境の大峠までの間にある村である。その下の○○はもちろんはるか昔の人の名であろう。

今までただのお守りとして以上には、気にも留めていなかった化仏であった。西川少尉のほんの一言が、自分とその化仏の間を別の形で一気に縮めたことに、銀平は新たな思いを抱いていた。

消灯時間となり、寝台で毛布にくるまった後も銀平の頭からは、化仏のことが離れなかった。いつもならうずいて寝苦しい両肩や背中の痛みも、その日に限っては苦にならなかった。

その夜、銀平はこんな夢を見た。

雪を冠った遠くの山々に囲まれた盆地。その中央の小高い山の上。雪融けの水が小川を勢い良く流れ、嬉しげに伸び始めた下草が、麗らかな春の陽を青々と反射させている。

山頂近く、雪の残る木立の中に、茅葺きの屋根が朽ち半ば崩れかけたお堂が見える。宝形造りの阿弥陀堂のようである。

今しもその外に大勢の村人達が集まり、何かを始めようとしている。男もいる。女子供もいる。全員が、銀平の見知っている顔ばかりである。

祖父もいる。父もいる。母親につれられた銀平自身も脇に立っている。ただ、その姿は銀平の時代のものではなく、子供の頃着ていたものでもなかった。皆、小さな髷を結い、着物のような粗末な野良着を着ている。

中には庄屋らしき、少し立派な風体の者や、現在の住職の姿も見えるが、着ているものは、時代がかった袈裟である。

何かを待っているようである。

しばらくして下の方から馬のひづめの音が聞こえ、何騎かの武家の一団がやって来た。野駈けの途中、立ち寄ったとでもいうようないでたちをしている。

下馬した侍達の中で、ひときわ見事な馬から最後に降り立った武士は、かぶりものを取ると、出迎えた庄屋や僧侶と挨拶をし、ねぎらいの言葉をかけた。住職がなにごとか説明し、こわれかけたお堂の中を指し示す。

片方の扉は、外れたまま立て掛けてあり、もう片方だけが、傾きながら開いている。お付きの者どもの制止を振り切るように、その武士は住職の案内で中に入って行った。堂の中とはいえ、すでに屋根のカヤは大半が腐って崩れ落ち、存外に明るい。梁も桁も水平なものはひとつもなく、垂直に立っている柱もひとつとしてない。床もあちこちが抜け落ちている。相当長い間雨ざらしになっていたと見える。

その内陣と思しきところの中央に、丈六の阿弥陀仏が巨大な体躯を壁面に支えられるように傾きながら鎮座している。

上品下生の両手を失い、弥陀と呼ばれようと、薬師と言われようと判別はつかぬ。表面は朽ち果てる寸前まで傷み、螺髪はおろか、お顔の目鼻さえも定かには見えない。風雨にさらされ腐り始めたカヤ材特有の大きなみそ穴さえ、あちこちに開いているのである。

人の背丈ほどの両脇侍像も似たり寄ったりの状態で、どちらが観音菩薩でどちらが勢至菩薩であるか、いずれも木像というよりは、土に戻りかけた石仏か、ただの土の塊のようにしか見えぬ。周りには丸太がころがっているが、よく見ても建物の柱だか仏の部材だか、区別も付きがたいのである。

どうやら、人々は無住になって久しいこの寺の仏を自分達の寺に客仏として招来し、大修理を施そうとしているらしい。

住職は、その引き取りのために近在の村人とともに集まり、お上にもお伺いを立てていたものと見える。

武士は、その巨大さと無惨さに息を呑み、足元の床が抜けそうなことも忘れ、しばし見上げていたが、

「おいたわしい」

そうつぶやくと、像に向かい深々と頭を垂れ、合掌した。

外に出ると、堂の前に控えていた主だった者達に向かって、

「御苦労である。我らが合戦に明け暮れている間、神仏への奉仕もおろそかであった。皆、合力致し、立派に修繕した後は、上三で未来永劫供養いたせ」

振り返ったお付きの者から金子を住職に渡させ、そう言い残すと、武将は再び騎乗の人となり、供の者を従え、土埃を巻き上げて山を下って行った。

簡単に発遣法要の儀が執り行われ、住職が魂抜きを行うと、修理に当たる棟梁らしき男が、

「誠心誠意、再興奉る」

と、誓いの言葉を述べた。

やがて、人々はその棟梁の指示に従いながら、朽ちかけた丸太や板切れのようにしか見えない木材を、堂の外に敷かれた筵の上に並べ始めた。

棟梁は、四十になったばかりに見える、脂の乗り切った精力的な立ち居振る舞いで、集まった人々に、次々に指示を出す。男達は運び出し、女子供は並べられた木の表面に、厚く積もった土埃を落とし始めた。どれも三体の仏像の一部のようであるが、形は何ほどにも定かではない。

百姓達が、ささらのような帚で表面を払うたびに、埃が舞い上がる。払っても、払ってもきりがないのだが、それは朽ちかけた木の表面が土に還りかけている証左でもあった。

北国の春の陽射しが、朽ちかけた像を優しく暖め、そよ吹く風が像から立ち上るカヤ材特有の芳香をあたりに漂わせ、人々は陶酔したように作業を続けた。

ひとわたり掃き清められたものは、筵でくるまれ、荒縄で結わえられると、てんびん棒で男達に担がれて、一足先に山を下って行った。山の下には、牛や馬に曳かせた荷車が数台、待機しており、筵で包んだものはその上に載せられた。

いよいよ中央の巨大な木像の番となる。大きく足を組んだ部分が本体から取り外され、六、七人がかりで、男達が運び出そうとした、その時、大きなでく人形のように立っていた体の上半身、頭体部が下の支えを失い、釣り合いを崩し大きく傾いた。

「あぶない」

「誰ぞ、支えを」

いかに像の内部が内刳られ、軽くなっているとは言え、直径一メートル、高さ三メートル近いカヤ材の一木像である。一旦倒れかけたものが容易に支えられる重さではない。何人かは、両腕を伸ばし、手のひらで支えようと試みたが、とてもかなわぬと思ったか、ひとり、ふたりと身を引いた。

と、ともに像は倒れる速度を増し、一気に倒れた。最後まで支えようとした一人がその下に消えた。


そこまで見て銀平の夢は覚めた。手にはしっかりと化仏を握りしめていた。

夜明けにはまだ遠い。銀平の頭の中には、今まで考えたこともなかったことが、沸々と湧き起こり、次々にいろいろな思いが押し寄せてきた。


もう、誰も取り返せるとは思っていない不利な戦況の中で、羽振りの良いのは満鉄関連の会社員ばかりであった。補充部隊として旅順に上陸し、ハルピンへ向かう車窓から、今生の別れとなるかも知れぬ娑婆をながめていても、それを感じた。

配属された戦車部隊は、車輛の員数は足りず、訓練用の燃料とてもままならない。

ソ連が西部戦線でドイツを降した今、鉾先を満蒙に向けることは兵の間でも始終話に上っていた。

一旦戦端を開けば、最初に先頭きってやって来るのは、世界最強といわれていたドイツ機甲師団と期して戦ったソ連軍戦車部隊であり、全く歯が立たぬと分かっていても、今それに対抗できるのは銀平たちの軽戦車隊以外にあり得なかった。

ついこの間までは、素手で触ると、皮膚がくっつき、破れてしまうほど冷えきっていた戦車の装甲板も、八月初旬の今では、日中は目玉焼きが出来そうなほど熱く焼けている。

訓練中の車輛の中は、エンジンの熱がこもり、四十度近くになるが、戦闘訓練に入れば、天蓋をあけることも出来ない。外はほとんど見えぬため、ほぼ、盲目運転と言ってよい。操縦手は砲塔から外を見ている戦車長の指示通りにあやつるしかないのだが、すさまじいエンジン音やキャタピラーの響き、車体のきしみなどで、隣同士でさえ話はろくに聞こえない。

外の見えない操縦手に指示を出すのに、通話用機器など整備されておらず言葉が使えぬため、必然的に手荒い方法となる。戦車長は、操縦席より一段高い砲塔の床から、右と思えば操縦手の右肩を、左と思えば左肩を蹴るのである。

日常的に戦車長の軍靴の手入れをするのは銀平の役目であり、自分の両肩を痛めつけるその軍靴の爪先を、銀平は毎日黙々と磨き上げるのだった。

八月六日、本土では広島に新型の爆弾が投下され、一発でそれまでの空襲とは比べ物にならぬほど大きな被害が出ているとのうわさが流れてきた。

八日にはついに、ソ連から中立条約の破棄が言いわたされ、宣戦が布告された。

九日、広島と同様の爆撃を長崎でも受けたと伝わってきた。誰もが檻の中に入れられ、ライオンの前に投出されたハツカネズミの心境だった。

十日早朝、その恐れは現実となった。

聞きなれぬ金属音をたて、見たこともない飛行機が、銀平たちの頭上を二度、三度と旋回した。

「ミグだ」

誰かが叫んだ。

気が付いた高射砲部隊が間の空いた花火のような砲撃を加えるが、当たるものではない。ぱらぱらと対空機関銃の音も聞こえるがやはりかすりもしない。偵察機はゆうゆうと旋回を繰り返すと北の空へ去って行った。

やっとサイレンがけたたましく鳴り、

「総員配置につけ」

と下士官の声があちこちで飛んだ。

銀平たちの第二戦車中隊の隊員は全員車輌の前に整列した。

中隊長は、いつもの謹厳な表情を崩すことなく、

「本日未明、ソ連軍はソ満国境を越えた、かねてからの訓練通り、我々先発隊はこれより北方二キロの迎撃地点に発進、敵を撃破し本隊の到着を待つ」

いよいよ始まった。何も考えるゆとりはない。ただ訓練通りに動くのみである。銀平は自分に言い聞かせると、装甲板のハッチを開き飛び込んだ。隣の銃手は例の猪野である。操縦席の背中あたりに一段高くなった床があり、そこに砲手兼戦車長が立ち、頭を砲塔の上から出して外を見、運転の指示を出すのである。

銀平たちの駐屯地から、北方には延々と草原が広がっている。迎え撃つ場所は、両側に山が迫り、大きな岩も露出した幅五百メートルほどの草地の隘路になっている。敵が南下してくるには、そこを通る以外にない。

その草地にはすでに、敵の戦車を防御するための横長の防御壕が掘られており、ところどころには、銀平たちの軽戦車がやっと通れるほどの道がつけられている。

いざ、敵が現れたら壕を渡り左右に展開し、全速力でやり過ごした後、壕で行く手を遮

られている敵戦車の装甲の弱い背後から攻撃するという戦法が考えられていた。

友軍機の援護でもあれば幾らかは勝機に可能性もあるが、もうしばらく日の丸を付けた飛行機の姿は見ていない。

キャタピラーを軋ませながら、十数分も走らぬうち、正面の空に胡麻を振り蒔いたような煌めきが見えてきた。見る見るそれは大きくなり、地面を覆い尽くすように影をおとしながら、銀平たちの頭上をかなりの低空で通り過ぎて行った。双発のツポレフ爆撃機の大編隊であった。

ねらいは後方の師団本部か、数少ない飛行機を温存している航空隊の飛行基地であろう。まるで、エサ場に降り立とうとする渡り鳥の群れのように、手のとどきそうな低空を、爆弾を投下するどころか機銃弾一発すら撃つ気配もない。遠ざかる機影を見送りながら自分達が全く問題にされていないことに、戦車長は舌打ちし、銀平の背中の真中を軍靴で思いきり蹴り上げた。銀平は力強くアクセルを踏み込む。

予定の待機場所に着いた頃、背後の南の空で花火のような煙が見え、しばらくして高射砲の間延びした音が聞こえてきた。それとともに爆撃が始まったのか、地上から土煙が立ち上り、後を追って破裂音が連続し、地響きが伝わってきた。

同時に銀平の視線前方からも地鳴りが聞こえてきたが、それには金属の軋むようなキャタピラーの音が入り交じっていた。

すぐに猛烈な砂埃が近づいて来ると、巨大なT34の姿があらわれた。

正面から縦列で突っ込み、敵を充分引き付けてから中央の対戦車壕で停止している敵の左右に展開する手はずである。壕は銀平たちの軽戦車が渡れる幅の道を残して掘ってある。相手の背後に回り込めさえすれば、戦果をあげることができる。

ただ、近づいて来る砂埃の奥行きは、えんえんと繋がっており、先頭の数輌の戦車を破壊してどうにかなるとも思えなかった。が、自分達の後方があれだけ激しく爆撃を受けている以上、援軍はおろか、細々と続いていた補給すらもはや望めまい。言い換えれば銀平達の戦車隊にとって、この戦いが最初で最後のものとなることは明らかであった。

駐屯地を発進して以来、頭上を旋回しながらついて来ていた敵の偵察機は、いつの間にか姿を消していた。

中隊長の合図を受けた戦車長が再び銀平の背中を蹴り上げる。全車輌が一斉に跳ね上がるように全速で突進し始めた。

先頭を走って来るT34は偵察用なのか、一発の砲弾を放つこともなく平然と進んでくる。訓練通り一気に壕を越えた銀平たちは左右に別れた。敵は壕に突っかかるように停止する。

「やった。もらった」

という戦車長の声が銀平の背後で聞こえた。と思った直後、停止した先頭車輌を見た後続のT34戦車群は停止するどころか、一層速度を上げ驚くほどの速さで、次々に壕を飛び越えて行き始めた。

それは、鋼鉄のヒグマの群れが、一刻も早く多くの獲物を我がものにしようと競い合い、自分の身の丈ほどもある溝を飛び越えているかのようだった。

先頭のT34は、壕を越えた銀平たちの先頭車輌から集中砲火をあびせられ、さすがに身動きが取れなくなっていた。が、砲塔だけが生き物のように旋回し、銀平の乗る車輌に向かい砲撃を加えてきた。

銀平の背後でものすごい金属音と衝撃と火花が散り、熱風が押し寄せた。耳が遠くなり一瞬気を失った銀平は、あたりが明るくなったため、暗い車輌から外に放り出されたかと思い、すぐに目を開いた。開けたその両目にどろりとしたものがたれてきた。血の塊かと思ったが、それは正確には人間の内臓だった。振り返ると銀平の戦車の砲塔は後半部分が吹き飛んでおり、そこに立っていたはずの戦車長の下半身だけが銀平の背中にもたれ掛かっていた。軍靴は銀平に右旋回を命じるように、右肩を蹴り上げるような形で止まっていた。

となりに座っている猪野のうめき声が聞こえた。右手は機関銃の銃把にそえられているが、体は左の方に離れて倒れている。右腕が半ばからちぎれ、血が吹き出している。

銀平は節々に痛みを感じながら、それでも幸い大きな傷がないことを知ると、反射的に猪野の方ににじり寄り、右腕の付け根で血止めをした。ハッチを開け、外に出ながら猪野を引きずり出す。あたりは激しい砲声が轟いているが、途切れることなく押し寄せる敵戦車の前にたかだか十数輌ほどの時代遅れで性能の劣る軽戦車がかなうはずもなく、次々に戦列から落伍していった。

かろうじて、車外に脱出できた兵達は、三々五々、岩山の窪地に集まり始めた。

百輌を超える敵の戦車部隊にとって、銀平達の攻撃などほんの準備体操でしかなく、ほとんどの車輌が八十五ミリ砲を一、二発銀平達の戦車に向けて、試し撃ちするとそのまま壕を飛び越えて進軍していった。全く歯がたたぬままの惨敗、壊滅だった。

銀平の周りには、十名ほどの生き残った兵が集まっていたが、ほとんどの車輌が、真っ先に砲塔を破壊されたらしく、砲塔に立っていたはずの各戦車長は、誰一人その場にはいなかった。

銀平は猪野を見た。充分な手当てが出来ず、血の気の薄くなった顔からは日頃の勢いは消え、穏やかな目付きに変わっていた。やっと聞き取れる程の声で、

「銀、よ」

猪野は機嫌の良い時の呼び方で、銀平を呼んだ。

「世話になったなあ。おりゃ、こんなところで死ぬんかい。戻ってかあちゃんと、床屋を続ける約束してたのによお」

銀平は、猪野の口から初めて奥さんの話を聞いた。

「銀、世話になりついでに、頼まれてくれろ」

次第にかすれてくる声で猪野は、

「おめえ、あの仏さま、今、持っとるかい」

うなずく銀平に、やっとの思いで視線を合わせると、

「持ってたら、さわらせてくんねえ。無事にあの世に行けるようによ。又生き返ってかあちゃんと床屋ができるようによ」

銀平は、無言で腹に巻いたサラシの奥深くからあの化仏をとり出した。

自分の体温で温まった皆金色の小さな弥陀はいつもと同様、嬉しげな顔つきで、やさしげな姿をしていた。銀平から差し出された温かな化仏を両手で受け取ろうとした、猪野はその時初めて自分の右腕が無くなっているのを知った。恐怖と落胆の表情が次に涙に変わり、さめざめと泣いた。諦めたようにもう目は閉じたままだった。

「かあちゃん、ごめんよ！　床屋を」

それは、あたりに座り込んでいた兵達を驚かせるほど大きな声であり、猪野の最後の言葉だった。

左手に持った銀平の化仏を、まるで鏡でも見るように掌に握りしめたまま、猪野は穏やかな表情で弥陀の世界へと旅立って行った。

銀平はそこにいる兵達と合掌し、昔、寺で教わった通り、南無阿弥陀仏の六文字の名号を繰り返した。

ひとしきり祈った銀平は、猪野の手にある化仏を取りかえそうと、しゃがみ込んだ。しっかりと、驚く程強い最後の力で掴んだ、それは容易には取り戻せぬ。指を一本一本剝がすように開くしかない。銀平はためらいながら猪野の手を自分の両掌で覆った。

その時、突然銃声が轟いた。バラライカと呼ばれるソ連兵の自動小銃の音が連続して鳴り響き、立っていた一人の兵が吹き飛ばされるように仰向けに倒れた。体中から血が吹き出している。即死であった。

「露助《ろすけ》だ！」

だれかが叫んだが、拳銃以外、何一つ武器らしいものを持たぬ銀平達には、対処の仕様もない。しゃがみ込んでいる銀平の背後の岩は表面が砕け散り、銃弾が豆を播くように跳ね返った。

「ウラー！」

初めて聞く言葉を追うように、着剣した銃を構えたソ連兵がばらばらと銀平達のいる岩場の窪地に飛び込んできた。

子供のように幼いソ連兵の振り回す銃床で、したたかに頭を殴られた銀平は、そのまま昏倒した。

銀平が目を覚ました時、先程まで生き残っていた兵達は、逃げ出そうとしたまま、全員がその場に撃ち倒されていた。一瞬のうちの、誰に看取られることもない最期だった。立ち会ったのは憎しみに満ちた敵の少年兵だけ、ほんの数分の差でありながら、猪野の最期とは大きく違っていた。

戦車長や猪野の大量の血を浴びていた銀平は、死んだものと思われたのか、奇跡的に弾を浴びることはなく、ソ連兵はそのまま戦車部隊の後を進軍して行った。

血に染まった戦友達の腕からは、一様に腕時計が無くなっており、ベルトの痕だけが生々しく白く見えていた。銀平の腕からも、父親からもらった腕時計が消えていた。

銀平は、朦朧としながら荒野をさまよい、気がついた時にはソ連軍の後続の衛生兵部隊に取り囲まれていた。

銀平が他の多くの日本兵捕虜とシベリアへ抑留され、国際法違反の強制労働の後、解放され故郷の土を踏むことが出来たのは、それから二年以上後のことだった。

家に戻った銀平は、その足で寺へ行き、丈六阿弥陀仏に無事に戻れたことを報告し、化仏を失ったことを謝罪した。

この大仏がいかなる人々の努力と犠牲の元に、今現在伝えられているのか。光背化仏がいかなる人々の思いと浄財の寄進によるものか。出征前には考えもせず、知りもしなかったことが、帰還した銀平には全て腑に落ちていた。

それは化仏を西川少尉から返された後、兵営で初めて夢に見て以来、抑留先である厳寒のシベリアの収容所でも、しばしば出てきた夢から教えられたことであった。

銀平は、抑留されシベリアの捕虜収容所にいる間も、猪野と共に逝ってしまった自分の化仏のことを考え続けた。

昼間の重労働、特に銀平のような小柄な人間には取り分け過酷な、伐採した丸太の運搬に、綿のように疲れきった寝床の中で、彼は夜毎夢を見た。不思議なことにそれはひとつの物語として、次々に異なった場面となりながら、繰り返し、繰り返し現れるのだった。日々、周りの捕虜達が事故に倒れ、寒さに耐えかね、栄養失調で死んでいく中で銀平を生かし続けたのは、毎夜の夢に励まされ、

「なんとかせねばならねぇ」

という、腹の底から込み上げ、日とともに次第に強くなる思いだった。

かといって、何をなすべきかは自分でも分からない。ただ、やるべきことがあるうちは死ぬわけにはいかない。銀平にそう思わせ、生きる希望を与え続けてくれたのは、猪野と共に弥陀の世界に戻ったはずのあの化仏であった。

「すまねえこんだ。御先祖さまにも、村の衆にも」

巨大な阿弥陀仏の前に戻った銀平にとって、見なれたはずの懐かしい像は、単に仏というよりは、自分の祖先や出征したまま還ることの叶わなかった先輩達そのものに変わっていた。同時に自分と一緒に戻るべき、三百年間受け継がれた化仏が、自分の身替わりのように満州の荒野に、猪野と共に消えたことに深い責任を感じていた。

すっかり高齢となり、少し耳の遠くなってきていた住職は、銀平の帰りを心から喜び、

ソ満国境で猪野を浄土に導き、失われた銀平の化仏の話を、繰り返し、繰り返し聞きたがった。そして、

「それは良いことをされた。良い供養をされた。あの仏はその方を成仏させ、おんしの身替わりになったのじゃ。阿弥陀さまもお喜びじゃろ」

何度も、何度もそう言い続け、丈六の阿弥陀の前にぬかづき、飽きることなく六字の名号を唱えるのだった。

それからというもの、銀平は帰還した日から今日に至るまで、大仏の参拝を欠かしたことは一日たりとてなかった。

数十年の後、銀平は風の便りに、自分の部隊にいた西川少尉が無事に日本に戻り、仏像の研究者として、高名な学者となっているらしいことを伝え聞いた。

銀平には、何とか連絡をとって西川に相談してみたいと思うことがあった。あの西川少尉なら自分の気持ちを理解し、何をどうなすべきか適切な助言を与えてくれると思ったのである。

しばらくして、その名を東京上野のさる研究所の部長として新聞で見た。てっきりあの

時の西川少尉だと思い、意を決して電話を掛けてみた。

電話口に出た相手は、とつとつと事情を説明する銀平の話を最後まで聞こうともせず、

「それでどうしたんですか。私は戦車なんて乗ったこともないですよ。私を誰だと思っているんです。だいたい、化仏を外して持って行くなんてあなた、文化財保護法違反ですよ」

かん高い声で、それ以上に高飛車な口調で一方的にまくしたてると、電話は切れた。

銀平は脱力した。昔一度きり話した「山羊さん」と呼ばれていた西川少尉の穏やかな話し振りとはまるで違う高圧的な物言いだった。どうやら同姓の人違いだったらしい。

「もう、他人には相談しねぇ」

そうつぶやきながらも、だからといって何をして良いのか一向に見えぬまま、さらに月日は過ぎていった。

「あの衆らがやれたこんだら、俺だってやんなばなんねぇ」

故郷に戻ってからも、毎晩のように繰り返し夢に出てくる場面は、ほとんど表面が腐れ、丸太と化した阿弥陀の巨像が、上三の寺内に運び込まれ、長い歳月をかけて修復されているものだった。

あの棟梁は、村人に命じ丸太を切り出させ、粗末な建物を小屋掛けした。お像の部材を

保管し、修復するための工房である。自分は寺内に小屋を建て、そこに家族と共に住んだ。村人は入れ代わり立ち代わり手伝いにやって来、それの出来ぬ者は米やら採れた野菜やらを届けてきた。

住職はしばしば寺を出ては、近隣を巡り富農に浄財の寄進を仰いだ。光背や台座を新造したり、像を修復する材料のうちで手近で入手できる木材はともかくとして、像の表面を繕い、荘厳するために必要な漆や金箔を買い付けるには、さらに莫大な費用を必要とした。

住職は棟梁に命じ、手のひら程の小さな阿弥陀仏を造らせた。これを新しく造る光背に千躰取り付けるのである。像に威厳を与えると共に、寄進者の願いを化仏に込め、その背面に名前を墨書し、寄進者には再興した丈六阿弥陀像とともに末永く供養することを約すこととした。一人で多額の寄進をし、数体に名を残す富豪の者もいれば、何十人もで講をつくり、たった一体を寄進した、今となっては名も知れぬ百姓達もいた。

毎晩のように銀平が夢に見た物語の、最後の場面はこんなものであった。

かれこれ、二十数年かけて化仏は千躰揃い、像の修復も完成した。同時に像を安置するための阿弥陀堂が、併行して本堂の後方に造られ始めていた。

千躰の化仏を彫り、見事に像を再興した棟梁は、白髪ですでに還暦を超える歳となっており、息子二人が仕事の跡を継いでいた。この仕事だけに自分の半生を費やした棟梁は、これも高齢となった住職に申し出た。

二人の息子に自分の仕事を継がせ、自分は隠居するが、最後の仕事としてお願いしたいことがあるというのである。

二十数年来の戦友とも言える住職は、

「なんなりと申しなされ」

と促した。

棟梁は、新造された阿弥陀堂内の荘厳華飾をするため、板壁に絵を描きたいと言った。

「それは良い、で何を描きなさる」

「飛天がよろしいかと」

言葉少なに申し出た棟梁に、住職は深くうなずいた。

多くの人々が、自分達の命を投げ出してまで、あるいは人生の大半をかけてまで守り伝えられた丈六阿弥陀如来坐像。

一時は朽ち果て、土に戻りかけさえした木像である。

平安時代後期に造られて以来、九百年近い月日の中で、その姿は江戸時代初期の大修理により見事に蘇った。彫眼が玉眼に変えられたのを始めとし、おそらくは、創建当初の姿とは大きく異なったものになっているであろうが、年月を重ねる中で、数千人を超えるひとびとの思いを込めて、時の流れの中であまたの参拝者の祈りを受けて、今も千躰の光背化仏とともに、より一層強く現代に訴えかけているのである。


「ただ、姿を残しただけではねぇ」

考え続けてきた銀平の、これが結論だった。

人が自分の伝えたいことを示し、それを次代の人間が受け継ぐためには言葉や観念だけではなく、具体的な「もの」が必要である。世に伝えたい幾つもの言葉、先達が行ってきたように、その全てを化仏に凝縮し、この阿弥陀如来像と共に後世に伝えたい。いつしか銀平はそう考えるようになった。

あの夢にしばしば出てくる、貧しい身なりの人々が、雪の中、棟梁の元へ食料や炭を差し入れるさまは、

「おれもやらねばならねぇ」

という、彼の気持ちをますます強固なものにしていった。

銀平は、失われた化仏全ての復元を心に誓い、跡取りとなった新住職に提案し続けた。

また、光背にあまりに乱雑に取り付けられた状態になっていた化仏は、自らの手で上の方に詰めて整理した。

「文化財保護法違反ですよ」

という電話の向こうの、あれ以来「狂太郎」と名付けた人物のかん高い声を思い出しはしたが、

「そっだらもんができるまで、誰がこの仏を護ってきただ」

銀平にとって真に護るべきものは、先人がこの像に込めた思いと、それを引き継ぐ自分の思いであった。像はそれを具現する象徴なのである。

他人の手になる法によって戦場に駆り出され、無念の思いの中で果てた猪野を始めとする戦友たち、あるいは自分の村の先輩達。彼等を供養し、彼等の思いの上に自分の思いを重ねるため、銀平は失われた全ての化仏の復元を発願した。

住職との度重なるやり取りの中で、寺の復興をも重ね合わせ、寄進者を募るかたわら、その復元に当たる人物を探し求めた。話を聞き付けた出入りの仏具屋が、試みに数体の像を造って持って来たが、どれも現在ある化仏の品格には及ばず、技法的にも劣っていた。

銀平は、背筋を伸ばし、さい銭箱に両手をついて、光背を凝視したまま、数年がかりでやっと見つけだし、住職と共に昨夜会った一人の男を思い浮かべていた。

一目見た瞬間、銀平はその男がいつも夢に現れるあの棟梁と重なりあうような懐かしさを覚え、安堵した。一夜明けそれはさらに強まり、永年心の中で厚い氷のように固まっていたものを今朝になってゆっくりと溶かし始めていた。

「なんとかせねばならねぇ」

銀平はさい銭箱で支えた自分の両腕に力を込め、

「なんとかできるだ」

確信に満ち明るい口調で、はじめてそう口に出した。

銀平はもう一度背伸びをし、光背に取り付けられている九百七十二体の化仏を見つめ、六文字の名号を唱えながら、静かに合掌した。

目を閉じた銀平のまぶたの裏には、夢の中の人々に交じり「かあちゃん、床屋を」と言いながら左手に化仏を握りしめた、穏やかな表情の猪野の顔が、くっきりと浮かぶ。

ガラスに映る背後の池に、カワセミが飛び込む水音が聞こえた。

能登金剛

夏休みが待ち遠しいとは思っていなかった。

十代最後の夏。何かは定かでないが、待っているのは、もう少し別のものだった。

中学を卒業し、出来て四年目のこの五年制の学校に入学し、同時に寮生活を始めた。校内のあちこちに植えられた桜の若木がちらほらと、頼りない花をつけ始めた頃である。

今年で丸四年になった。最終学年になれず留年して、卒業する気もないまま、最後の一年を同期の学友達と過ごすためだけに四月から寮に戻ったものの、目と鼻の先の校舎には一度も足を向けず、したがって授業にも全く出席していなかった。

高学年の寮は二人部屋なのだが、学年が上がると皆、不自由な寮を嫌い、下宿に出てしまう者も多く、空き部屋も少なくない。

相方のいない自分は、一人で占領した部屋を自由に模様替えし、畳のベッドの上で、一日中本を読み、三度の食事時間になると寮の食堂へ行く毎日を繰り返していた。

どうせやることもないし、と、いつもの寝袋を担ぎヒッチハイクで大阪まで出かけ、始まったばかりの万国博を見物に行ったりもした。

会場内のお祭り広場の脇にある、巨大な家ほどもある大道具の陰で一泊し、都合二日間会場を見て回ったが、お金をかけたものがごちゃごちゃ並び、ただただ人が多く暑い中で行列に並ばされ、食べ物は高かった。生まれて初めて食べたインドカレーは、普通のカレーライスの三倍ほどもした。アメリカ館の月の石やら、新聞やテレビで話題になっているものを、「見た」というだけのことだった。

その後は京都まで脚を延ばし、駅に寝泊まりして寺をいくつか見て回り、夜は四条にあるいつもの歌声喫茶に通った。


そんなことをしながら、一カ月も過ごしていると寮に電話がかかってきた。昼間いるのは自分だけで、たまたま通りかかった管理人室にある電話のベルが鳴っていたので、決まり通り、近くにいる者として受話器をとったら、担任だった。

私宛ての、呼び出しの電話である。

研究室に行くと、開口一番、恐い顔でジャンパーのジッパーを閉めろ、と言われた。制服も着ないで現れた学生に不満だったらしい。

教官は座ったまま、こちらは立ったままである。相手の質問には正直に答えたが、授業に出ないで寮で寝ているとか、万博に行ったとかいうことは、欠席を正当化するなんの理由にもならないのは明らかで、私の嘘偽りのない返事は、逆にいたく相手のカンに障ったらしく、その後は、こんこんと説教が続いた。

うっとうしい説教を聞くのが嫌で、次の日からは一応授業には出た。

出席の返事をしたら、最初は教官が板書をしている隙を見計らって後ろのドアからこっそり出ていたが、そのうち堂々と抜け出し、四階の図書室で本を読むことにした。

次の授業の時間が来たら、又出席し、返事をしたら抜け出して本の続きを読むのである。代返という手もあるのだが、それは潔くないし、留年して同級生になった下の学年の後輩学生に頼むのもいやであった。なんであれ、自分のことは自分で片をつけたいという、妙なこだわりだけは強かった。

図書室の奥まった書庫のベンチに寝っ転がって、太平洋戦争の戦記物を読んでいると、当然授業時間中なので最初の頃は、ほんの二、三歳ほどしか年が上でないくせに、妙に威張っている女子職員から注意を受けたが、そのうち向こうも諦め、雑談を交わすようになった。

人から見れば、そんな自堕落としか言いようのない毎日を繰り返して、夏休みを迎えたとて、特に日常と変わるものではない。家に帰省してもやることがないのは同じであるし、自分の部屋といえる居場所のない実家など、余計始末が悪い場でしかない。

何の計画もないまま、夏休みになろうとしていたら、どういう話からか、学科は違うが同じく留年していた同期の大場と、能登へ旅行しようということになった。

もちろん二人とも大してお金があるわけでもない。いつも通り、寝袋を背負って、半分野宿しながらの旅である。

休みに入ると同時に、学校の寮から日本海の方向に抜け、海沿いを東に向かい氷見まで行き、能登半島の東海岸を北上した。

歩いたり、列車に乗ったり、行きずりの車に頼み込んで乗せてもらったりしながら、半島の北端まで来たのは昨夜のことである。

ひと晩を過ごし朝早くから歩き始めたところで、同じような旅人に逢った。

単独で、我々より少し年上の大学生である。

互いに積極的な関わりを持ちたいと思ったわけでもないだろうが、どちらかといえば一人きりの先方の方が、話し相手でも欲しかったのか。一緒に歩くことになった特別共通の目的はないけれど、こういうのを旅は道連れというのだろう。

海岸の景勝地である能登金剛と呼ばれている海岸へ行ってみることになった。

どこをどう歩いたものか、幹線道路から外れた高い高い海沿いの道に出た。人しか通れない遊歩道といいながら、あまり人も通っているようでない。かといって、海風の強いせいか、夏だというのに草木が生い茂って道を隠しているわけでもなく、次第にきつくなる真夏の陽射しの中で、むき出しになっている地面の土は、むしろ荒涼とした感じである。

海岸線は、大きさの違う拳を伏せて並べたように、複雑に出入りしながら、海から垂直にそそり立っている岩で出来ている。

直接海面から突き出ている部分もあれば、下の方が小さな入り江になり、水鳥の水かきのような形で小さな緑地や砂浜になっているところもある。遠く下方に見える海面は打ち寄せる波が、岩の間で白い泡を踊らせ、時おりドドーンと大波が、岩の凹みにたたき付ける音を響かせている。

道はそれ程海に近づくわけでもなく、つかず離れず進んでいく。

金剛といわれる猛々しい岩肌を下から見物するつもりでいた我々は、岸壁を目の前にできず、その上を歩いているだけの道に、多少当てが外れた感で、道ともいえぬ道を西へ向かって行った。

右手後方には、地続きのままひときわ海に向かって大きく飛び出している高い岩場が見え、曲がりくねった貧弱な松が数本その上に立っている。切り立った岩肌の下の方には急な傾斜面があり、緑の下草が生え、そのまま海へと繋がっているようである。視界の縁で、海の反射を受け白いシャツが光って見えたのは、休息している人でもいるのだろうか。

しばらく歩いた我々は、見たい景色も見えず、次第に心細気に貧弱になってくる道に見切りを付け、誰が提案するともなく引き返すこととなった。


今度は左手が海である。

遠く正面左斜めに、先ほどの海へ張り出し松の生えていた岩場と、その下の傾斜面が見え、次第に近づいてくる。ちらりと見えた、白いシャツ姿の人影も次第にはっきりと見て取れるようになった。

先を急いでいた少し前には、視界の端で、斜面に横たわり休息している釣り人としか思わなかった。

が、そんなはずはない。急斜面で頭を下にして休む人間などいないからである。

直線距離で百メートル以上はあるが、さえぎるもののない真夏の陽射しの中であり、人間の天地を見間違える程離れてはいない。

大場も新しい連れも、私の視線を追い、同時に異常を察知した。

とにかく、その松の生えている岩場の方へ行って見ようと、急ぎ足で引き返す。

塩分を含んだ日本海からの強風にさらされているそのあたりは、限りなくはげ山に近く、申し訳程度の草木が生えているだけである。ろくに人の歩かぬ道も、それ以外の所も、地肌の見え方にそう大差はなく、特別な障害にあうことなしに、なんなくまばらに松の生えている突端まで行き着いた。

そこから下を覗こうとするが、何の柵もない、垂直に切り立った岸壁の端まで行くのも、間違えて一歩足を滑らせれば、と考えるとぞっとする。

躊躇している我々が、松の木の下に目を転じると、そこに二つ揃えられた男物の黒い革靴と手帳が落ちていた。その周囲には、錠剤十数個が並んで入っていたと思われる薬の台紙が、中身を全て抜き取られ丸い穴がポッカリと並んだまま、二、三枚散乱している。

我々三人は顔を見合わせた。間違いない。明らかに自殺である。

私は紺色の手帳を取り上げた。中は雨に濡れ、万年筆で書かれた文字がしみになっている所もある。我々が旅を始めてから、雨には遭った記憶がないので、一、二週間は前の出来事であろう。

どうする。といって、旅人の我々がやるべきことは、地元の人間に伝える他ない。知らぬ顔をすることなどは思いもよらなかった。

大場は動けない、という。大学生も半ば腰が抜けかけた状態である。

とにかく誰かに知らせてくる、と私は二人を後にした。

そこから、どうやって国道まで出たのか、よくは覚えていない。海岸線から離れているため、次第に草や潅木が多くなり、その中を突っ切って、かろうじて道路へ出た。半袖から出ている両腕はあちこち傷だらけになっている。

道路に出たとはいっても、半島の北端の田舎道である。周囲には人の住んでいる気配もなく、手元の地図で見ても、一番近い集落までは数キロありそうである。そもそも朝早く歩き始め、今はもう昼近くなっている。昨夜の宿からも相当の距離を歩いて来た。そう簡単に人のいるところまで引き返せはしない。

炎天下、両脇に日陰になるような大きな木もない道路ばたに呆然と立ったまま、流れ落ちる汗を、じっとりと湿り、汗臭くなったタオルで拭きながら、どうしたものかと考えあぐねる。

車など一台も通りそうにはない。

どれくらいの間そこに立っていたのだろうか。

西の方からかすかにエンジン音が聞こえてきた。バイクの音だ。やがて水面のように光っている黒いアスファルト道路の、揺らめく陽炎の向こうに、郵便配達の赤い単車が蜃気楼のようにゆらゆらと近づいて来るのが見え、必死に手を振った目の前に停車した。

この暑いのにヘルメットを被り、制服を着て運転していたのは三十代半ばの男である。

手短に自殺者らしきものの発見を伝える。

男はそれほど驚く様子もなく、またか、といった様子でうなずいていたが、話を聞き終えると、セイチョウが『ゼロの焦点』を書いて以来、そのあたり一帯の岩場から海岸に飛び下りる自殺者が多く、年に何十人も発見される、とこともなげに言った。

この先のドライブインで警察に連絡してくるから、そのままここで待っているように、と子供にものを頼むように言い残すと、エンジン音を響かせ、砂埃を舞い上げて走って行った。

またしばらく、汗を拭きながら、道の端に立ち尽くすこととなった。

相変わらず車は一台も通らない。なにか馬鹿馬鹿しくなり、出来ることならこのまま一人で帰ってしまいたいものだとも思った。

残してきた二人は一体どうしているのだろうか。

程なく、バイクは戻って来た。郵便配達人は、もうすぐ警察が来る、そのままここで待っていてくれ、自分は現場に行ってみるから、とバイクを道の端に寄せ、私から目印の松の木の場所を聞くと草むらの中へ消えて行った。

彼もこんな暑いところでじっと待っていたくはないのである。

要領の悪い小童のように、私は又々一人で立ち尽くすはめになり、流れ落ちる汗を拭き続けた。

暑いのは嫌いではない、何かを待つのも嫌ではない。しかし自分は一体何を待っているのだろうか。

道路の向こうから、ひらひらと見たことのない紫色の大きなアゲハ蝶が飛んで来た。どこに行く当てがある様子でもなく、海風に逆らいながら道路の上を行きつ戻りつしている。

それを見ながら、ぼんやりと数カ月前のことを思い出していた。

すっかり勉強する意欲を失い、この春、学年末試験も受けず、休みになったので実家に帰省した。

当然留年するものと思っていたが、いつまで経っても家に通知が来ないので、そのうち心の隅に甘い考えが浮かんでき始めた。

そんなある日、アルバイトから戻ったら、暗い六畳間のこたつに半分体を入れた父親が両手の甲で目を被い眠っていた。

そのまま脇を通り過ぎようとしたら、呼び止められ、今日学校から呼び出され、行って来たと言う。

日本一環境が良いと、何かの本に書かれていたような県北の学校であるが、家からは、駅まで十分、列車で一時間半、バスで二十分、坂道を登って十分の山の上にある。

墓地くらいしかなかった山を切り開き、谷を埋めて造成し、何棟かの校舎や実習棟、寮等を建てている。この学校以外、近くにあるのは、周囲の山と内外の区別がつかないような植物園と、昔見つけられた弥生式住居跡に復元された藁葺きの竪穴式住居くらいである。その近くに唯一、土産物屋のような食堂のような「ジンギスカン」と看板を揚げた田舎屋があるが、総じてよほどの閑人かアベックくらいしかやって来る所ではない。

漢文の授業で浪々と漢詩を読む教授の声を、キジのかん高い鳴き声がさえぎり、教授は教科書を片手に感じ入ったように目を細め、しばし教室の中が沈黙したこともある。良く言えば風雅であるが、駅まで歩いたら一時間はかかる、人里離れ隔離された辺鄙な環境なのである。日本広しといえども、校門の前をオオサンショウウオが歩いているような学校は他にはないはずだ。

父親が学校に足を運んだのは、私の入学以来初めてだった。

いつの間に行ったのか、と思ったが、極めて不機嫌な父親の声は、そんな質問をかける暇を感じさせず、重ねてどうするつもりかと私に尋ねた。

卒業する気はないが、同期の人間ともう一年を過ごしたいので、学校に行かせてくれ、という私の常識はずれの願いを、相変わらず手の甲で顔半分を被ったまま、こちらを見ずに聞いていた父親は、お前は世間を知らん、とつぶやいたが、それ以上何も言わずその要求を呑んでくれた。


学校に行かない学生ほどやることのない人間はいない。


道路にぼんやりと立ち、脈絡のない思考を続けていると、目の前をひらひらと漂っていたアゲハ蝶が、顔にぶつかりそうなほど接近し、いつの間にか、暑さで停止しそうな頭の中に飛び込んで来た。

青虫や毛虫は小さい頃から大の苦手で、遊び友だちの中には蝶の幼虫を摘み上げて、手のひらで愛でるような者もいたが、自分は這っている芋虫を正視することすらできなかった。半ば恐怖にかられ、踏みつけたことも二度や三度ではなかったと思うが、目の前の道路を移動していた、十センチもありそうな大きな青虫を踏みつぶし、野菜を絞ったような汁が飛び散り、運動靴のゴム底の裏で破裂しながらぐんにゃりとした、なんともいえない感触を覚えてからは、そんなこともしなくなった。

あの青虫は終齢幼虫の時代を終え、人目につかぬところでひっそりとサナギの時を過ごすつもりで、その居心地の良い場所を探す旅に出たところだったのだろう。

今の自分も同じようなものである。違うのは自分の場合、サナギになったまま旅をしているところくらいか。

アゲハのサナギは、眠ったような生活を過ごしている間何かを考えているのだろうか。彼は自分が何になるのか知っているのだろうか。醜い、腐れた落ち葉の塊のような自分が、華麗なアゲハ蝶となって、人から感嘆の目で見上げられるダンスを舞い踊る日が来ることなど、予想しているのだろうか。

自分は今、何を待っているのだろう。

真上から照り下ろす陽の光と、それを反射させるアスファルトの狭間で、いつしか自分の視線は無限大の内空間へと向かい、頭の中で乱舞し始めたアゲハ蝶を、自分自身を追い求めるように、追い続けていた。

アゲハは頭の壁にぶつかる度に、一頭二頭と増え始め、やがて頭の中全体が、紫色の羽で埋め尽くされた。そこから飛び散る鱗粉であたり一面が、ちかちかと煌めき、目の前が無数の粒子で輝いている。

アゲハも、それが飛んでいた道路のある世界も、頭の中のアゲハの世界も、それをまた見ている自分も、全てが渾沌とした広大な世界、同一の自分だった。

今現在、現実に自分が待っているものがなんだったのかすら、もうろうとして消えかけた頃、警察の車がやって来、頭の中のアゲハは消えた。

目の前をひらひら浮遊していたはずのアゲハも、もうどこにも見えない。

警官達を案内して岸壁の突端、松の木の下に向かう。

郵便局員が立っている。大場と大学生が憔悴しきったふうで出迎えてくれた。

警察と局員が話を交わしているが、やはり睡眠薬を飲み、飛び下りて一週間以上は経っているらしい。

我々は警官から、簡単に発見の状況を聴取されたが、日数が経っているのは明らかであるし、単なる貧乏旅の若者を、怪しんでそれ以上引き止めておく理由もなく、すぐに解放された。

大場と大学生は、二人とも言葉数は少なかったが、どうやら郵便局員と崖の上から下を覗いたようである。様子を聞いたが、あまり思い出したくもないのか、口までアユの詰まった鵜のような顔をするばかりだった。

人を呼びに行き、長時間道路の照り返しを受け、脳みそが煮えたぎるような思いをしながら、待ち続けなければならなかった自分は、崖の下の様子を見なかったことを後悔していた。同時に、動けないと言うからその場を離れたのに、自分達だけ見て、と、なにか抜け駆けされた、嫉妬に似た気持ちが二人に対して湧き上がってきた。

頭が割れていた、というその自殺体を特に見たかったわけではない。が、自分一人だけ見られなかったことに、損をしたような妙な疎外感を抱いた。

不快な気持ちが広がり、次第に彼等より足が早まった。

二人は言葉を取り戻し、ぼそぼそと話を始めたが、それがまた、癪に障った。

温厚な大場は学生の間で嫌われることもなく、自分のように世の中を斜に見、周りにすねたような理由で留年したわけではない。

誰もなり手のない学生会の会長を務め、あまりに皆が協力しないその態度に、人前もかまわず感極まって落涙し、こんこんと訴え続ける姿は、居並んだ悪童どもを残らず黙らせ、うつむかせるだけの誠実感溢れる迫力があった。

そんな男との楽しい二人旅が、午前中の数時間の出来事ですっかり歪んでしまった。

黙りこくって歩いている自分の背中を見ている二人は、先の事件のショックが原因と思ったのか、気を遣い、声を掛けてくるが、それがまた余計腹立たしく、三人の間の空気を気まずいものにした。

しばらくそんな状態で歩き続け、やっと人家があるところまで出た。あまり食欲もなかったが、小さな食堂の暖簾をくぐり、簡単な遅い昼をとった。自分が相変わらず、ぶっきら棒で取りつく島もないので、二人で会話をしていたが、特に共通の話題があるわけでもなく、話は途切れがちになった。

荷物を担いで外に出ると、さすがに我々よりも年長の大学生は、気を利かしたのか、その場でまた、一人旅に戻ると言った。我々の行く方向とは異なる方へ行きたい、ということだった。

大場と再び、肩を並べて歩き始めると、今度は自分から取り繕うように、第一発見者として遠目に見つけた崖下の遺体の話をし、その時に受けた衝撃をことさら大袈裟に伝えた。なんとなく言い訳じみた話題だと、自分でも思いながら。

会話のやりとりが以前の調子に戻るにつれ、話は郵便配達人から聞いた、セイチョウの『ゼロの焦点』のことになった。評判になったその小説の題名は二人とも知っていたが、読んだことがあるわけではなく、内容を想像するばかりだった。

ただ、その本の題名自体が、何故か今の自分の状況にぴったり当てはまっているように思え、同時にたまたま旅先で知った「能登金剛」という地名も、これで一生忘れることの出来ないものになった。

輪島に立ち寄り、漆器を展示し解説している資料館を見学した。

精緻な漆芸品とその制作工程を、実物見本を並べて解説してあり、制作に使う道具や材料のことも事細かに説明している。本を読む以外、取り立てて何もやることのない身には、初めて目にするその世界は、油臭い実習室で、硬い金属の塊の機械に囲まれ行う作業と比べ、何故か新鮮で興味深く感じられた。同時にそこにあるもの全てが違和感なくすんなりと自分の体と頭の中に入り込んできた。

戻ったら同じように作ってみようと思い、簡単な解説文を手に入れ、メモもしておいた。

旅から戻ったが、夏休みにそういつまでも寮にいるわけにもいかない。無人の寮に一人いるのも無気味なものであり、食堂もやってくれないから、日々食べるものもない。育ち盛りの十代の若者達が、夜食で食べるのは、その頃はやり始めたインスタントラーメンと相場は決まっていた。自分はフライパンとホットケーキという組み合わせを導入したが、それだけでひと夏を過ごすわけにもいかない。

先輩の中には、その味に溺れ、インスタントラーメン中毒にかかり、寮の飯を食わずに三食、夜食とインスタントラーメンを食べ続け、とうとう肝臓を壊し入院したのがいた。後輩にはコーラ中毒もいて、栓抜きなしで自分の歯でコーラ瓶の栓を開けながら、一日四、五本飲んでいたが、前歯は真っ黒になり半分溶けて無くなりかけていた。そんな仲間には入りたくない。

それ以上他に行く所もなく、帰省することにした。

戻ってからは、家にあった大工道具や彫刻刀を使い、板切れを切り刻み、輪島で見たのに倣い、大きさの違う小箱を二つ作った。

木の矧ぎ目には木屎をかい、布も貼った。知っている塗料屋に尋ねたが、漆は簡単には手に入りそうにないので、カシューで代用することにした。

ひと夏かかって、黒塗りの箱が二つ、九分通り出来上がった。

結局、箱は、完璧に仕上げたいという気持ちと、技量との差が埋まらなかったためか、上塗の工程を残し、最後まで仕上げられることはなかった。

時を待ち続けるサナギの中で、外からは窺い知れぬ大きな変化が起きるように、自分の中でも何かが始まっていたのだが、そんなことに気付くこともなかった。

次の年三月、体育館の卒業式場で在校生の席に座り、通路を退場する同期生ひとりひとりと別れの握手をかわした。校内のあちこちに植えられた桜の若木は、いく周りも大きくなり枝を張り、蕾がわずかにふくらみ始めていた。

退学届を出した自分は、数日後ひっそりと荷物をまとめ、誰に見送られることもなく、寮を後にした。

イヌ

その犬に名前がなかったわけではない。

家族は皆、付けた名を呼んでいた。が、私は人との会話の中ではいつも「イヌ」としか言ったことがなかった。

特に深い理由はない。犬はイヌでしかなく、人の生活空間、特に床から上には居るべきものではない、とかたくなに思い込んでいただけである。

一

大学勤めを始め、勤務地のある山形へ家族五人、大宮から移り住み、次年度には家を手に入れた隣の市に、もう一度引っ越した。

全く新しい土地の中学で一年生となり、周りとなじみにくそうな長女が、級友のところで生まれた仔犬を「飼いたい」と言い出した時も、食い物以外の動物は、全て野生の生物と考えていたから、全く自分とは関係のない世界のこととして、多少とも娘の気晴らしになるのならそれも好いか、とうなずいた。

夏休みの終わり頃やって来た、生後一カ月程のメスの仔犬は、ビーグルの雑種というふれこみで、ほとんど白一色に一部薄茶色の混じったぬいぐるみのような形に、なる程これがビーグルのハーフかと、何の根拠もなく納得させられた。ビーグルとなぜかビールを連想し、それにちなんだ名を付けた。

飼いたいと言った本人の気持ちが、その犬から離れるのは驚く程早く、どちらかと言うと面倒を見るのは、母親や小さな妹達の役目となっていた。私の留守中の犬小屋づくりも、彼等の仕事であったようだ。

一年もすると、成犬の体つきとなり、つないでいた犬小屋は、鎖ごと引きずられ、そここに転居するようになった。さしずめ犬の曳き屋である。元気で、そのわりには充分な散歩もさせてやれぬため、物置で見つけた何に使うのか分からない鉄製で直径三十センチくらいのドーナツ状の重りに針金を巻き、それに鎖を付けて五百坪程ある敷地の空いたところに放しておいた。重りを中心にぐるぐるとイヌが走り回ることを期待しての工作である。が、もくろみは見事に外れた。たかだか十キロ程の重りなどなんの苦もなく引きずって、どこに行ってしまうか分かったものではない。重りは厚さが異なり重量の違うものが、都合三個あった。鎖の端に次々に針金で結び付けたが、一個が三個になっても、結果は変わらなかった。長い舌を出し、多少息遣いが荒くはなるものの、記録に挑戦するアスリートのような顔つきは、ますます元気がみなぎり、相変わらず外に飛び出して行った。

周りは水田やブドウ畑の広がる高台の農村地帯で、はるか向かいには蔵王連峰が望めるのどかな風景であるが、目の前の幹線道路は、それなりの車の交通量もあり、用水やら田圃やら、重しのついたイヌにとって危険な場所には事欠かない。

丸太の杭を打ってみた。これに鎖を付ければ、杭を中心にぐるぐる回るだろう、と思ったのである。もともと畑だった軟らかい土地に打ち込まれた一メートル程の杭は、少し目を離した隙に抜き取られ、イヌの後塵を喫しながら田圃の農道をがらがらと走っていた。

どうせ広い敷地だし、直線運動ならどうだろう。そう考えて今度は庭の中に十メートル程離して杭を二本打ち、その間を太い針金で結んだ。それにイヌの鎖の端についている環を通し、トラック競技から直線短距離往復走に種目転向させたのである。しかし、これまたもくろみは外れてしまった。決められた往復コースよりは、当然外の世界を走ることに魅力を感じており、そう時間もかからず、一本、二本と杭を引き抜いてしまった。結果は同じである。農道をイヌと共に走る杭が一本から二本に増えただけの話であった。

今思うと、いつの間にか知らず知らずのうち、興味のない犬を飼う生活に、その頃から引き込まれていたのかも知れない。そんなことにおかまいなく、イヌはただただ無邪気に赤く長い舌を出し、白い尾を振りながら走り回っていた。

休みの日、天気が良いと家族でイヌを連れて近くを散歩することもあった。澄んだ空気の中、手のとどきそうなところに雪を冠った山々が見え、それなりにさわやかで気持ちの良いひとときなのだが、当の飼い主であるはずの長女が一緒にいた記憶はほとんどない。父親の身勝手で始まった、望まぬ田舎暮らしに、引きこもり状態となり、休日家族と車で出かける時も、級友に見られたくないと髪の毛で顔を隠していた。

田圃やブドウ畑を少し歩くと、真中に送電用高圧線の鉄塔がポツンと立っている草地があった。サッカーグラウンドが三面も取れそうな広さがある。共同の牧草地という話だったが、すでに牛肉が自由化され、そのあおりで、零細な酪農家が壊滅し始めていた頃である。その地域にあるのも鳴き声のない匂いだけの牛舎ばかりで、その草地も利用されるあてもなく、無用の入会地となっていた。

そこに降りて、首輪を外してやると、イヌはとたんに走り出す。長くもない耳が激しく上下し、尾はさっそうと源氏の旗印のように風に流れる。四肢は地面に着いている間などないかの如く見え、白く長い毛の塊が、さわさわとなびいている牧草の先をかすめるように飛んでいく。それはそれは、今思い出しても美しく、躍動的な眺めだった。野生の本能と、飼われている生物ならではの、自分の肢体を誇示する意識とが、程よくないまぜになっている、その姿は都会の犬には到底見ることのできない見事なものであった。

かといって、犬を飼う生活が自分のものになっていたわけでもなかった。夏休み、家族で長期的に家を空け、千キロ近く離れてしまった岡山の実家へ戻る時には、エサと水やりと散歩のため、近くに住んでいる学生をアルバイトとして雇った。てんからそのドライブ旅行にイヌを同行させる発想など、浮かびもしなかったのである。それでも、旅行から戻って、イヌが無事で尾を振って迎えてくれた時は安堵した。

二

イヌが生まれ故郷の広々とした環境で我々と暮らしたのは、一年半程でしかなかった。四人目の子が生まれるにあたって、車がなければどこにも行けない北国で、妻が三人の育児と出産をすることは不可能と思えたし、異なる文化での日々の営みは、長女ならずとも少々息苦しくなっていた。妻も三人の娘を生んだ都内の産院で、いつもの助産婦の先生に取り上げられることを望んでいた。

しばらく妻の実家のある大宮市（当時）に戻ることにし、以前住んでいた近くに、一時的にマンションを借り移り住んだ。結婚以来、十三年間暮らしたなじみの深い土地である。子供らにとってはもとの学区でもある。私も個人的な仕事場を残しており、勤めてからは、週末逆単身赴任していた。今度は正真正銘の単身赴任者となった。

犬はマンションでは飼えぬので、仕事場として借りていた酒屋の倉庫の前に犬小屋を置き、そこにつないでおくことになった。エサや水は長女が自転車で来て与えていたが、遠くまで散歩に連れて行く様子はなかった。私は従来通り特に関知せず、犬の大量の抜け毛が風に吹かれ、仕事場に入ってくるのを、苦々しく娘に注意する程度だった。

結局、我々家族は長男が生まれた後も以前の田舎屋に戻り、広々とした空間で暮らすことは二度となかった。目を上げれば、はるか彼方に雪を冠った東北の山々が見える暮らしよりは、蜘蛛の巣のように張り巡らされた電線や電柱に視線を絡め取られる、都会の生活の方を選んだのである。

車を運転しない私にとって、徒歩か自転車で自分の用が足りる都会近郊の生活は、移動に人の手をわずらわさなくても済む点、やはり気楽だった。何より上の娘にとって、自分のアイデンティティを確立させた土地に戻れたことは、好ましかったようで、一カ月もたたぬうちに、せっかく彼の地でネイティブから覚えた雅趣に富んだ言葉は、味気ない都会言葉に代わっていた。

仮暮らしの予定だったマンションと仕事場の家賃の合計額に首をひねっていた妻は、ある朝、不動産屋で見たという物件の話を私にした。歩いて五、六分の所にある一階が倉庫で二階が住居という、鉄骨の古い建物である。その日のうちに自転車を飛ばして見に行き、あまり何も考えることなく、パタパタと話を進め、私はもう戻って住む可能性のなくなった広い田舎屋と、新住居兼仕事場の二軒の借金を抱えることになった。

築四十年の建物に、四カ月程で必要最低限の工事を終え、トラック一杯きりの家財道具とトラック四杯の仕事場の道具、材料の移動を済ませた。最後にイヌが連れてこられ、わずかに地面のある新しい場所につながれた。地面に打ち込んだ鉄の杭は簡単には抜けないように工夫した。

それから始まった単身赴任の往復と、次第に忙しくなる仕事と生活の中で、イヌがどのように面倒を見られていたのか、その当時話題にしたこともなく、記憶にない。それでも、何を思ったのか、下の子供達と屋根が飛びかけバラバラになろうとしていた犬小屋を補強し、リニューアルしたこともあった。

そのうち、父親と口をきくことも無くなっていた長女は、成人すると同時に家を出、イヌには形式的な飼育責任者すらいなくなってしまった。

小学六年生の五月に転校させられた長女が、登校した最初の日、六年生は修学旅行で全員いなかった。翌年、終のすみかと考えて引っ越した田舎屋の中学はさらに辺鄙な学区となり、馴染む間もなく、またまた親の都合で三年の夏前、生まれ故郷の地に戻り、様子のつかめぬまま受験した。何とか入った高校も肌が合わず、退学すると宣言、自分で探してきた単位制の別の高校に移ってしまった。小中高と二つずつの学校に行きながら、小学校の修学旅行は体験できず、中学二年の東北からの修学旅行は、珍しくもない東京見物であった。計画性を持たぬ父親の家庭経営の犠牲者にとって、犬どころではなかったことだろう。

年の離れた下の娘達がときたまイヌの散歩に綱を付けて出かけたが、成犬盛りである。小学生では二人がかりでも引きずられ、そう遠くまで行けるものではなかった。誰も口に出さなかったが、皆、飼うことに辟易していた時期だったのかも知れない。

家にいる時、エサやりはいつの間にか私の仕事になりつつあった。ほうっておくと子供達が水をやるのも、エサをやるのも忘れていることがあったからだが、何よりも糞を誰も片付けようとせず、そのあたりに転がっているのを見るのが嫌だったからである。どうせ大豆カスに安い油脂を混ぜ、栄養剤でも足したものだろう、ペットフードを食べた犬の排泄物は、日干しになる前のレンガのように無機質で異様に量が多いことも、犬を取り巻く不愉快なことの一つであった。

下の子達も学校や遊びがそれぞれに忙しくなり、ますますイヌはかまわれることが無くなった。たまに私が気まぐれで散歩させるものの、どこに引っ張って行かれるか分からず、落ちているものを何でも口にする、好きでもない生き物に毎日付き合う気には、とてもなれなかった。そんなこんなで、おそらく丸々一年以上、誰も散歩に連れて出なかったことさえあったのではないだろうか。

その間の繋がれたイヌの気晴らしはといえば、鎖の届く範囲での穴掘りで、驚く程大量の土をかき出し、自分の体がすっぽり入る塹壕を作っていた。夏場は特にその中で昼寝するのが心地よかったらしい。あとの楽しみは近所の小学生が学校帰りに寄って、かまってくれることくらいだったろう。何故か他人からは人気のある犬だった。今どき外で人の目にふれるような飼い方をされているのが珍しかったからかも知れない。

隣のドラッグストアのゴミ収集に来る車の運転手は、定期的に残り物の弁当を与えていた。充分な義務を果たしていない飼主としては、後ろめたさもあり、弁当ガラを見る度に、余計なことを、と不快な気分にさせられた。

週の前半は大宮駅から新幹線を使い三泊四日で勤めに出、残りは自宅一階の工房で仕事する生活が始まって二、三年が過ぎた。

三

いつもより遅い桜の時期。故郷の病院に入院していた母が亡くなった。五日後にはこれも別の病院に入院していた父が後を追った。新学期授業の始まったせわしない日々、一週間の内に山形と岡山を二往復した。

母の葬儀を終えた日、集まった兄弟親族で父の見舞いに行った。ほとんど意識のない耳元で、母の亡くなったことを告げると、意外にも父は葬儀のことを聞き返した。無事に全て終えたと言うと、目を閉じたまま「そうか、ありがとう」と、はっきりした口調で、礼の言葉が返ってきた。子供の頃、父母はどちらが先に逝くか話していた。父は自分が看取ることを母と約束していたが、そのことが気になっていたのだろうか。そのひと言が、父から聞いた最後の言葉となった。

母は旅順育ちで、大陸に渡った父と見合い結婚し、大連で敗戦を迎えた二年後、満州から父や祖母らとともに、全くなじみのない土地岡山に引き揚げて来た。父の実家は幸運にも戦災に遭わなかった出石にあった。住む家のあるありがたさ、母は、毎朝早くから家中を磨き立てるように大事に大事に掃除していた。健康そのものだったはずなのに、晩年は体調を崩し、数カ月ごと入退院を繰り返していた。

祖母の養子であり、家長として家を維持する役目を担わされていた父は、望んでいた美術学校へ行く夢を捨てざるを得ず、商業学校を出たものの、大陸に飛び出し満鉄に勤め、後を追って来た祖母と新天地で永住するつもりで暮らしていた。結局は引き戻されたその家で、市民信用金庫勤務のかたわら、細々と絵を描き続けていたが、ある日突然退職し、絵描きの生活を始めた。だまし討ちにあったと、冗談半分、母は言い続けていたが、最後はその母の見舞いをする立場から、いつの間にか自分も病院に入りっぱなしとなっていた。

病院から父の遺体を霊安車で斎場のある東山まで運ぶ際、最後に家を見せようと、弓之町の坂から出石に上がってもらった。旭川で泳ぎ、そのまま素足で駈けていた、備前焼レンガを敷き詰めた実家の前の赤い通りは、私が小学五年生の頃、一夜の内に味気ないアスファルトに変わってしまっている。その黒々とした道を車はゆっくりと走り、主を失い雨戸を閉め切られ廃屋と化した、しもた屋の前を通る。

鶴見橋と蓬莱橋を渡り、延々と咲き誇る桜並木の下、後楽園の東対岸、旭川の土手を走る車の中で、あれ程関わりが深かったはずなのに、二人とも自分達の最後を、後楽園通りの家に戻って終わりたい、とは言わなかったことが私には不満だった。どちらも最後は、家という呪縛から離れたかったのだろうか。

五日の間にふたつの通夜を、東山の斎場の同じ小さな部屋で、遺志通り親族だけで営んだ。朝、出棺の前、近くの街路に咲き乱れていた桜の枝をどちらの棺にも入れた。母には満開の枝、父の時には少し散りかけた枝を。

焼き場で棺を炉に入れ、扉を閉めた制服制帽の隠亡が「お別れでございます」と叫ぶように言った表情と声は、その時から頭の中央に焼きつけられ、さらにそれは二人の遺骨を拾うことで、久しく忘れていた「生きているものは死ぬ」という事実として桜吹雪の光景とともに、重い重いイカリのように意識の奥底へと、打ち込まれた。

それからというもの、すべての行為を決定する際には、率先してその公理が頭の中を駆け抜けていくようになった。

人のもつ時間が有限であることを思い知ると同時に、次第次第にそれ以上勤めを続けることに、当初感じていたような輝きも失われ、他にいくつか理由もあったが、退職することとした。一年以上も前から意思表示をしたのは、十数年の勤めでそれなりの責任ある役目も担うようになり、同僚や教える学生達に余分な負担を掛けたくなかったからである。

退職してからは、当然全てが家と自分の仕事場での時間となる。それ以前から頻繁にイヌとの朝の散歩に出かけるようにしていたが、それは純粋にイヌのためというよりは、座り仕事の多い自分の足腰が弱るのを、改善することを思い立ったからである。二階の自宅と一階の仕事場の往復だけになってから、自分の体調管理の必要性を本気で感じ始めた。

若い頃、スポーツに身を委ねたこともあったが、幼い頃から体を動かすことに熱心な方ではなく、運動が習慣付いておらず、何をやるにしても自分一人だと長くは続かなかった。いわばイヌはダシのようなものだった。

毎日とはいかぬまでも、前よりは頻繁に自分を連れ出してくれ、エサも水もくれる男を、イヌは次第に自分の主人と認めだしたようで、他の家族に対するよりは従順になってきた。もっとも、いうことを聞かないと、道の真中でも容赦なく鼻面をひっぱたくような主人だったから。

元の飼主であったはずの長女は、一人暮らしを始めたと思ったら、あっという間に結婚し、時おり訪ねて来ては、昔のことなど忘れたかのように父と語らった。やがて、自分の小さな息子二人を連れ「ワンチャン」を見せに来るようになり、嵐のように去っていく。

イヌが飼われ始めてから、いつの間にか十数年が経っていた。

さすがに壮年を過ぎたのかイヌは散歩していても、以前程好き勝手に行きたい方に引っ張ることはなく、時には優秀な盲導犬なみに飼主の隣で歩くこともあった。老いてきた、と思いながら散歩から戻ることもあった。が、そんな日に限ってイヌは脱走を試みた。

その手段はさまざまで、昔と同様、鉄杭を引き抜く。これは杭の上にコンクリートの板をのせ、その上に犬小屋を置いているので、容易にできる技ではないのだが、なにかの拍子に長くもない鉄杭を引き抜いて、カラカラとアスファルト道路に乾いた音を残して逃げようとする。首輪から抜け出すこともあった。大きくなるのに合わせて、あるいは古くなったために、革の首輪は赤になったり青になったり定見もなく買い替えられた。毛の生えている犬の首の太さなどよく考えもせず新しい首輪をしてやると、いつの間にか手品のようにすり抜け脱走されてしまった。大きすぎる首輪を買ってしまい、わざわざ穴を開け直したこともある。

私が毎日家にいるようになった頃、頻繁に抜け出されていたが、以前よりも痩せて抜けやすくなっていたのだろうか。

また、別の手法としては鎖と首輪の留め金具を外すという高度な技術を使うこともあった。金具が錆び付きバネの調子が悪かったのか、散歩から戻り、鎖に繋いだはずが、いつの間にか外され首輪ごと消えていた。

いずれにせよ、その度に近くを捜し回らされた。最初のうちは、腹をへらせば帰ってくるとタカを括っていたが、次第に余計な心配が頭をかすめ、鎖ごと逃げ出している時は、どこかに引っ掛かったり、車に巻き込まれていないかと、気が気ではなかった。簡単に見つからなかった日は、平穏ではいられなかった。たいがいは、近所の奥さん連中が知らせてくれことなきを得、さすがに夜まで戻って来ないことはなかったが。

四

ちょっとしたことで、右足の腱を切断しかけた。イヌではなく私が、である。久しぶりにラグビーのOB戦に出たら、突然足のかかとを後ろからけっ飛ばされたような衝撃を感じ、走れなくなってしまい、生まれて初めて試合を中途でリタイアした。足先がブラブラし、全く力が入らず感覚もなく、足首が逆に曲がっているようである。シャワーを浴びてびっこを曳いていると、友人から肉離れだろうといわれた。どうしたら治るかと尋ねると、放っとけば治る、という。

その日は懐かしい面々との宴会で、どうやって都内から家まで帰り着いたかも不明なほど、しこたま飲んだ。足のことは、いわれた通りその後二カ月程放っておいた。ところが、いつまで経っても良くなる兆しもなく、仕事で出向いた上野駅の公園改札口から、国立博物館の通用門まで、普段なら十分足らずのところを、二十分かけても行きつけない。これはいかんと医者に行き、MRIに入れられた。撮られた写真を見て納得した。腱が半分切れている。これではまともに歩けるわけもない。

近所の接骨院に通院し、リハビリの甲斐あって数カ月後、何とか朝の散歩にも復帰した。恐る恐る歩きながら、その頃になってあることに気がついた。イヌも足腰が弱り始めている、ということである。

犬小屋の鎖から散歩用の紐に付け替えた瞬間、待ちきれぬイヌはダッシュをかける。本当は隣のドラッグストアの敷地なのだが、何の境もなく一段高いだけの通路へ、猛然と飛び上がるのである。勿論飼主は、勝手な行動させせじ、と手綱を締めるが如く紐を握りしめる。この初動で紐ごと脱走された苦い経験も少なからずあったからである。

ある日、その三十センチ程の段差を飛び上がれず、コンクリートの角にしたたかに腹をぶっつけた。一瞬息が止まり戸惑っているイヌを見、飛び上がる瞬間少し強く紐を引き過ぎたかと思う反面、内心「ざまあみろ」といささか下品にせせら笑うような気になったのは、何度も脱走された経験からである。

しばらく自分が右足を引きずりながら散歩を続けていると、思いの外イヌの足腰が弱っているらしいことに気がついた。あの草原を飛び回っていた頃の体形を「背筋の伸びた」と表現するならば、確かに今の姿は「腰砕け」、もしくは「腰の引けた」、としか形容のしようがない。腰が曲がるのは直立歩行の人間だけの専売特許ではなかったのだ。

そのうち、二度に一度は飛び上がれず腹をぶつけるようになるのだが、そうなってさえも、イヌが自分では華麗にジャンプしているつもりでいるのは、見ていてもよく分かった。

その様はいささか哀れを誘うものがあったので、もうそこから出入りさせるのはやめ、簡単な階段を作ってある方を通ることにした。それでもそのわずかな段差を飛びはねて上がろうとして、足のもつれている様はさらに寂しいものがあった。いつしか、上がる時だけでなく、散歩から戻って下りる時でさえ足元が不安定となっていた。後足の、特に左だったろうか、力の入らぬ様子が見て取れた。

もともと北国の生まれのせいか、毎年夏が近付くと大量の冬毛を落としてもさらに暑そうで、高い夏の陽射しを避け、犬小屋の中よりは近くの植え込みの陰に避難していた。自分で穴を掘って入るだけの積極性も失われ、狭いところに複雑に潜り込むため、植え込んである黒竹に鎖が絡まり、身動きとれず、首が絞まって哀れな鳴き声を出していることもあった。悲しげな呼び声に仕事の手を止めて見に行くと、首に鎖を巻き付けたまま、情けない目付きで見上げてくる。

夏の日、散歩しているイヌの体に何かついていることに気が付いた。それが歩いているうちにポロポロと落ちる。最初のうちは気にも留めていなかったが、それが動いているのを見、ちょっと背筋と首筋がゾクッとした。

ダニであった。

事典で調べると人には害はないらしい。考えてみれば、私が係にされてからは、まともに洗ってやることもせず、野生動物に餌づけしているような扱いしかしていなかった。

毛を櫛で梳いてやると、胡麻をつぶしたくらいの移動中の平べったい小さいのが面白いように引っ掛かる。自分の居場所を定めて深く皮膚に食らいついて、血を吸い始めた奴らは二重に重ねた櫛で梳いたくらいでは簡単に取れず、引っ掛かるたび、イヌの方が痛がって私の手元に噛みつこうとする。

しこたま血を吸って、小さなデラウェア程にも腹の膨らんだダニを手でつまむ気にもなれず、一番効率が良さそうなのでラジオペンチを使って取ることにし、仕事場から一本専用に借用した。集めたダニは、水を張ったバケツに放り込まれ、憎々し気な視線で見送られながら側溝の下水口へと流された。

ダニ用の薬というものがあるのを知り、隣のドラッグストアで買って、説明書の通り首筋と背中に数滴ずつ落としてやった。どういうものなのか、さすがに高いだけあって、ダニはぴたりと消え、しばらくは安泰であった。

しかし、そう長く効果が持つものでもないし、過って犬に舐めさせると危険であるように書かれている。何につけ、殺すための薬というものが好きでないから、あまり熱心に使う気にはなれなかった。もっぱら、朝の散歩から戻っては、賽の河原の石積みならぬ、犬の毛皮のダニ取りに励む日が続いた。

イヌは夏の間は見るからに弱っているのだが、冬になると少しは元気になる。その代わりこちらは、星が冷たく瞬き、街灯の灯っている寒い歩道を、重装備して首を縮めながら歩かねばならない。

五

春になり、又夏になる。ダニとの戦いが再開される。イヌはますます弱ってきた。私が玄関から出た足音を聞いただけで鎖をじゃらじゃらいわせ、喜んで小屋から出ていたはずが、しぶしぶという態度に変わってきた。近くの小学校の区画をひと回りして戻って来るだけなのだが、途中で息切れし、へたり込むことも珍しくなくなってきた。

八月に入ってからは、エサもあまり食べなくなり、盆を過ぎた頃には、水さえ口にしなくなった。黒目はいつの間にか青白く濁り、薄闇の中で見ると消えかけた二つの人魂のように、ぼんやりと光っていた。誰の目にも、もう最後の時が近いことは明らかだった。

私の足音を聞いても耳すら動かす気力をなくした朝、飲んだ様子もない水を取り替えて、食卓についた私は、子供達に今日でおしまいだろうから、お別れしておきなさい、と宣告した。その日は妻も気にして、何度か見に行ったようで、手のひらに水を入れて差し出してやると少し舐めた、と報告してくれた。

私も試してみた。なるほど自力では無理だが、鼻先まで持って行けば、掌《たなごころ》に受けた水をピチャピチャと力ない舌ですくい取る。それならと思い付き、牛乳を同じようにやってみる。これも見る見る減っていく、心なしか体に精気が戻ったようでもある。こうして牛乳を二、三日舐めさせているうち、幾らか元気を取り戻した。

何か食べさせたいと思ったが、もう怪し気なドッグフードなど死んでもやりたくない。取りあえず、人間の回復期と同様に考え、重湯を飲ませた。我が家で食べている麦飯の重湯である。徐々に固形物の量を増やしていき、一週間も経つとイヌは自分で立ち上がることが出来るようになった。

イヌが生死の淵から生還したことが分かると、私の仕事が一つ増えた。完全な食事の世話、それも食材の入手から考えねばならない。最も安く手に入り、犬の好みそうなものとして魚のアラを選んだ。駅ビルの地下に大きな魚屋があり、そこでなら豊富な種類の魚のアラが手に入る。それからは毎週日曜日、犬のエサの買い出しにバスに乗って出かけることになった。ついでに自分達のおかずを頼まれることもあったが、それは目的の従である。

買ってきた魚のアラは、大鍋に入れ水煮にする。量が多い時は生のまま冷凍し、煮たものは冷蔵しておく。専用のタッパーの中で透明に煮凝った骨付きの身は、魚好きの人間にとっても充分に魅力的なものだった。毎朝これをスプーンで小鍋にすくい取り、麦飯を少し入れ、煮直す。一旦煮立ったものに牛乳をコップ一杯かけてさましてやり、それをステンレスのエサ入れに移し替えて出してやる。イヌは嬉しそうにそれを食べ、そしてすっかり健康を取り戻した。綱吉が生きていたら表彰してくれたかも知れない。

といって、老犬は老犬のままである。

散歩に出られるようにはなったが、弱った後足は、より一層衰えを見せ、信号の変わりかけた横断歩道の真中に、座り込んだまま立ち上がれなくなることもあった。また、散歩の途中での排泄時、四肢を寄せ蹲踞《そんきょ》のような姿勢を取るのが常であったが、踏ん張ったその瞬間、ひざの震えている後肢に力が集中し、支えきれぬまま自分の出したものの上に、へたり込むことすらあった。哀れでみっともないその姿は、私に生き続けようとする生命の尊厳、というものを教えてくれているようにも見えた。

イヌは犬でなくなりかけていた。次女に言わせると、霊的な存在になっているらしかった。確かに私にとっても、イヌは犬から、この世を一足早く去っていく先達、教師としての役目に移っていた。

散歩コースの小学校は、目と鼻の先にある。よたつくイヌを連れ、歩道から塀越しに眺める校舎は同じものなのに、前の年まで通っていた末息子が卒業し、長女から始まった二十一年間のこの小学校との付き合いが終わってしまった今、自分には無縁の場となったそのたたずまいは、どこかよそよそしく見える。

間違いなく私のステージも変わっていた。

途中で歩く気力を失ったイヌを無理矢理引っ張って歩かせているのは、散歩というよりは立派な動物虐待であり、世が世なら打ち首ものである。引きずられるように我が家にたどり着いたイヌは、肩で息をし、時にはひっくり返って四肢をこわばらせ、焦点の定まらぬ目をむいたまま、すり減った歯をむき出した間から、ダラリと舌を出して、心臓を患った人のように痙攣を起こすこともあった。しばらくして落ち着くと、よろけながら自分のすみ家に引き上げようとするのだが、やはり足はもつれ、フラついたままだ。

その年は、冬も暖かく、年が明けてからは、いつ桜が咲いてもおかしくないような日が続いていた。そうは言っても実際に咲き始めたのは、三月も終わりで、それ程いつもと大きく違うわけでもなかったが、桜の時期は長かった。毎年、この時期を迎えると、花吹雪と共に散っていった両親との別れを思い出さぬわけにはいかない。自分にとって春は誕生、生産の始まる季節であるとともに、終末の時期として記憶に定着していた。

そんな飼主の頭の中とは無縁に、イヌは移り変わる四季を、変わることなく日々細々と生き続け、まごうことなく日々弱っていった。

また、ダニの季節がやって来た。取っても取っても次の日にはどこかしらにブルーベリーのように醜く膨れた虫が食い付いている。はち切れる程腹の膨れた奴らは、今度は逆にあっさりと転げ落ち、歩けもしない足をばたつかせながら逃げようとする。見つけ次第、血の飛び散るのもかまわず思いきり踏みつぶすのだが、小石の間に紛れ込めば容易には見つけられない。毛の薄い耳の周辺や目の周りは、ダニには付きやすいらしく、いつの間にか粉を吹いたように集われていた。イヌが自分で掻き落とすことのできない場所を知っているかのように、取っても取っても狡猾な小さな虫どもは繁殖をくり返すのだった。

そんな日もそう長くは続かなかった。夏の一番暑い時期を過ぎた頃、イヌは再び動けなくなった。とうに散歩は形式的なものとなり、鎖から紐に繋ぎかえ、傾く体を近所のブロック壁に支えられながら、我が家の前の道路を、行きつ、戻りつするだけの儀式となっていた。ところがある日、自分では勝手に動けまい、と油断していたイヌが首輪から消えていた。どう考えても、それほど遠くまで行けるわけもないと思いながらも、妻と二人で町内中をかなり遠くまで捜し回った。そう小さいイヌではないが、草むらにでも入り込んで動けなくなれば、見つけるのは難しい。何度も以前見つけた辺を捜し、脱走した時に捕まえてうちまで届けてくれた犬好きの奥さんにも当たってみた。が、今度ばかりは、ようとして行方が知れなかった。

野生の生き物は、自分の最期を一人で迎えるための場所に自ら行くと言うが、あのばか犬でもそんな洒落たまねをするのだろうか。半ば諦め、最期を看取ってやれなかったことに落胆しながら、すぐ脇の路地に行ってみた。近すぎてまだ見ていなかった所である。家と家の間、普段は車一台の駐車場にでもしているような狭い空き地にイヌはいた。白くうずくまって、それ以上どこに行くつもりもないとでも言いたそうに、立ち上がることもせずこちらを見ていた。

こわれものでも運ぶように抱きかかえ、連れ帰った。勿論、しっかりと首輪に繋いだ。

六

その後はもう脱走の心配は不要だった。とうとうイヌは立つこともできなくなった。小屋に横たわったまま、彼女はほとんど動かなくなっていた。西日の陽避けとして、小屋の上に紗やスダレをかけているのだが、その陰で、半ば眠ったように四本の細い足を投げ出し、腹で息をしていた。

蝿が体の周囲を飛び回り、辺りに嫌な臭いが漂っていた。その理由はうすうす分かっていた。傷んでいる左後肢の付け根が化膿していたのである。人間と同様傷む側を下にして寝たがるのだろうか。そう思いながら、ずっと下にしていた左側を上向きにしてやった。とたん、目を背けた。肉の落ちた左後肢の付け根は、皮膚が腐り白い骨があらわに見え、ウジさえわいていたのである。仕事場から、エタノールを持って来て、注入器でかけてやった。手荒い治療だがウジはいなくなった。

もう、昨年のように手から水を飲む力も失せていた。エサ入れにわずかに入れた牛乳をスポイトで口にくわえさせてやると、まるで母親のオッパイに吸い付く子犬のような、夢見心地の表情で吸い付いてきた。かといって自分では、舌で味わっている程度で飲み込む力もなく、あまり強くスポイトを押して牛乳を出すと口からあふれ、むせてしまうのである。

数日後、彼女は牛乳も飲めなくなった。水も同様である。

今日か、明日か。

犬を飼い慣れた知人とのやり取りの中で、相手が私を愛犬家と勘違いしていたので、自分は嫌犬権《ケンケンケン》を行使したいほど犬には興味がないと答えた。そんな私に、相手は気を悪くしたふうもなく、犬というものは、亡くなる前に飼主に別れのサインを出すものだ、と親切に教えてくれた。

そのサインを見落とすまいとしばしば小屋を覗いたが、特に変わった様子はなかった。その代わり、夜眠れないのか、聞いたこともない、悲し気な声で夜通し鳴き続けた。近所に聞こえないわけでもないし、よっぽど家の中に入れてやろうかと考えた程である。

あまりに長く続くので、と言っても実際は二日かせいぜい三日だったのかも知れないが、安楽死をさせないことの罪悪感が、頭をかすめるようになった。自分の主義としては、それはできなかったし、懸命に生をつなごうとしている生き物の最後の輝きを汚すようなまねだけはしたくなかった。全てが生きとし生けるものの現実なのだから。

愛犬家ではない私である。知人から教わった別れのサインには、とうとう気付くことはなかった。それでも今日が最後だと思える日はそれと知れた。それはちょうど、半分にしては捨て、さらに半分にしては捨てることを繰り返していった一枚の紙片が、最後に糸のように細く残り、それ以上分けることができなくなるのに似ていた。

朝から雨もやいの天気だった。八月の終わりのはずだが、暑さはあまり感じない。台風でも来ていたのだろうか。

今日消えると分かっている命に追い討ちをかける必要もない、とは思いながら、炭酸ガスで楽にさせてやることを考えた。ドライアイスを買いに行こうと思い、妻に車を出してくれるよう頼んだ。最期を看取る勇気がなかったのかも知れないが、死んだ後でもそれが必要だったからである。

イヌは、目をあけることもなく、毛皮のボロ雑巾のように薄くなった腹で息をし続けていたが、それもよく見ないと分からぬ程小さな動きとなっていた。

自分が何を思ってそんなことをしたのか、説明の仕様もない。決して何か大きな変化を期待してのことではなかった。ほんのわずか留守にする間、少し眠っていてもらうつもりで、そばにあった注入器の百パーセントエタノールを、いたずらでもするようにイヌの鼻先と口に垂らした。イヌはビクッと痙攣し、くったりとなった。それはさっきまでの、弱り切ってぐったりしているのとは、又別のものであった。すぐに後脚の間からチョロチョロと小水のもれ出る音がした。こと切れていた。薬物によるショック死である。

最後に残っていた、糸よりも細い紙片は、私の手の中で消えていった。

自分の行為の是非を検証する余裕はなかった。そうとなればぐずぐずしてはいられない。あわただしく妻とドライアイスを買いに出た。

古びた店構えの主人が、もくもくと霧の沸き上がる容器から出してくれたものは、新聞紙にくるまれた、一キロ程のレンガの塊のようなものである。

家に戻ると子供達を集めた。夏休みでもあり、三人とも家にいた。いつもは父母の遺影に供えるための線香に火をつけ、ビニール袋を二枚と、いらない大きな布を持ってくるよう、言い付けた。子供達は、皆無言で犬小屋の前に集まり、目をそらすこともなく神妙に父親のやることに視線を落としている。

バケツに水を入れて持ってこさせると、イヌの亡きがらを小屋から毛布ごと引き出した。

この薄ピンク色の毛布も、イヌが弱ってから入れてやったものである。

いつも使っていたシャンプーの容器を逆さまにして振りかけた。もう残していてもしょうがないし、大した量もなかった。バケツの水を少しずつかけながら毛を洗ってやる。体はまだ温かく、弾力もあり、最後に洗ってやった時と何も変わらない。ただ、自分からは動かない。ひとわたりシャンプーで洗い、子供に命じバケツの水を勢い良くかけて洗い流した。バスタオルで包むように拭いてやる。子供らは皆、終止無言で手伝っていた。三女はいつものように声をたてぬまま、顔中を涙で濡らしている。

用意した古い大きなシーツで丁寧に骸を包んだ。もう見てもなんだか分からない。ビニール袋に入れたが、生きていた時からイヌの周りに漂っていた腐臭は、一旦覚えてしまった自分の鼻を、ますます強く責め立てた。その臭いのきつさには困惑した。これから、生まれ故郷まで運ぶつもりだったからである。

犬の死骸というものが、どんなものなのか、なんとなく夏場の暑い気候の中で想像を巡らし続け、考えた対策が、人間の遺体同様ドライアイスで冷やすことと、ビニール袋に入れ、体液が漏れ出るのを防ぐことだった。が、臭いのことまでは頭になかったのである。

顔をそむけ、息を止め、両手で押さえ付けて空気を抜き、真空パック状態にしたビニール袋の口をしっかりと縛った。もう一つのビニール袋に二重に入れる時、間にドライアイスを置いた。もしかしたら安らかに眠らせるために使われたかも知れない炭酸ガスの塊は、私のいたずらのおかげで冷やすという本来の役目のみ果たすこととなった。

まだ温もりの残る体を、昔使っていた大きなスポーツバッグに詰め、着替えもそこそこに、全てを心得ている妻に、車を出してくれるよう言った。昼には一時上がっていた雨が、またしぶしぶと落ち始めた。昼食時はすっかり過ぎていたが、もちろん食事を取る気にはならなかった。

盆を過ぎた列車は思いの外空いていた。飛び乗った自由席も客はまばらである。ホッとした。これならたとえ妙な臭いがしても、大きな騒ぎになる気遣いはない。検札の車掌や、車内販売のワゴン車を押す女性が通り過ぎるたびに、なんとなくどきどきし、足元のバッグを座席に寄せた。それ以外は十数年間乗り馴れた、いつもと同じ二時間の旅だった。


引っ越しに同行させ、もうあの広い土地に戻る可能性がなくなった時から、このイヌの最後の納まり場所をさまざま考えていた。動物にペットという生き方を認めていない自分には、ペット霊園など視野にはなかったが、かといってゴミ扱いにして捨てる気にもならなかった。

一度、湯河原に妻と行った折、温泉と反対側の山にある、椿のきれいな寺の一角に、焼却炉のような火葬場を備えた愛犬の墓地というものがあって、さまざま名前を書かれた木の墓標が立てられていた。それを見た時は、気に入った温泉地でもあり、少し心が動いたが、やはり止めにした。何しろ気持ちの上でも、愛犬という代物ではなかったから。

心の中では、漠然と生まれ故郷の土地に帰してやろうと決めていた。広い敷地の中で、永眠させるその場所も。

七

幸いこの時間なら、埋葬してもその日のうちに帰宅できる。そう思いながら降り立った三百キロ以上離れている東北の小さな駅も、やはりこの時期には珍しい、しぶしぶとした雨に濡れていた。

タクシーに乗り込む。行き先を告げると車は水をはね上げながら走り出した。

運転手は、土地の者とも見えない男が、地元の人間しか用のない行き先を伝えたことをいぶかしがり、興味をもったのか、しきりに話し掛けてくる。慣れた言葉とはいえ、なまりがきつく、半分程しか聞き取れぬ。

この夏は雨が多いとか、盆踊りに人が集まらず、今年は中止になったとか、全く気乗りもしなければ返事のしようのないような話ばかりがだらだらと続いた。運んでいるものを悟られまいとする気持ちから、極めて愛想の良い客を装った私は、からっぽの頭のまま、しきりに同情の相槌を打つのだった。

こぢんまりとした温泉街の外れを流れる川には、小さな木の橋が架かっている。黒く濡れた欄干には、風情を通り越した寂しさが漂っている。人気のない雨の日ともなればなおさらである。

車は七十戸しかない高台の集落に向かい、急勾配の旧道を上がっていく。家が途切れると斜面にそった眺めの良いつづら折りの道となる。蔵王に連なる向かいの山が盆地をはさんで高々と天へ広がり、夜ならまばらな人家の灯りが、無数のホタルのように一面に瞬いて見える。私の大好きな景色である。

この旧道は、集落の子供達が自転車で四キロを中学校に通う道でもある。このイヌを飼いたいと言った長女も、陽の傾き始めた今の時間には、一年と数カ月、毎日この坂を、息を切らせて自転車で登り帰って来ていた。

登り切ると曲がりくねった道は、一転して区画整理された田圃のど真ん中を、一キロも直線で抜ける新道へ変わる。この土地に住もうと考え、何度か交渉に来た際、一日に数本しかないバスを待つわけにもいかず、歩いて駅まで戻ったが、行けども行けども真っ直ぐなこの道には閉口した。車のための道路は、人の歩く道とは別ものであることを、嫌と言う程思い知らされた直線路である。

二年たらず住んで我々が引っ越した後、周りはさらに開発され、この直線道路は隣の市への近道とするため、そのままブドウ畑の山をトンネルでぶち抜いた。駅からのバスの終点がある、公民館の脇の十字路には、村にただ一つの信号機まで設置された。

車は又、農家の並ぶ旧道に入る。狭く曲がりくねり、冬場の除雪作業で傷んだ鋪装が、私の知っている限り直されたことのない、穴だらけの道である。運転手のおしゃべりから解放され、バッグを担ぐと雨のしたたる道に降り立った。

時々私が訪れる他、無人だったこの家も今は臨時の主を得ている。私を頼って韓国から勉強に来た気さくな男が、この春から大学院を目指し、研究生として古巣の大学に在籍することになり、一部を自由に使わせていた。

幸い彼はいるようだ。裏口を開け大声で名を呼ばわると、驚いた顔で奥から飛び出してきた。手短に事情を説明し、イヌの埋葬を手伝ってくれるように頼む。空軍の憲兵上がりの彼は、何を聞くこともなく、てきぱきと私の後に続く。余計なことは言わない、そういう男なのである。

埋葬場所は決めていた。庭の南東角、この敷地で最も山々の眺めが良い場所である。

いかにも北国の農家らしく、買い取った時に広い敷地に植えてあった木は、実利的な二本の柿の木と果樹が数本、母屋の前庭には積雪対策のため、みっともないほど短く刈り込まれた植木が何本かあるくらいだった。住み始めてからは、区切りの明瞭でない土地に対する都会ずれした不安から、敷地の周りにさまざまな苗木を、買ってきては自分で植えた。住んでいる間には、全く成長しているように思えなかった数十本の木々だが、植えた時ひと握りもなかった桜は、十数年経って太もも程の並木となり、毎年花をつけている。その他全ての木も、高原の広い天を目指して伸び続け、立派な林に育っている。

イヌの埋葬予定地にも、住み始めてすぐ実生から育てた白樺を何本か植えていた。白い木肌の間から雪を冠った蔵王連峰を眺めるつもりでいたのだが、土が合わなかったのか、風が強すぎたのか、ある年、一斉に枯れてしまった。今はその後移植した山桜が一本、そろそろ花を付けそうな太さに成長している。

しとつく雨の中、手伝いとともに無言で穴を掘る。韓国南部の僻村で海や山を友として育った彼は、今の日本では忘れ去られようとしている、あらゆる自然との付き合い方と作法を心得ていた。穴掘りがひと区切り付くと、彼は握りこぶしくらいの石を集め、バケツに何杯か運んできた。その辺りはカモシカも出れば、クマがあらわれても不思議のない土地がらである。墓を暴くその他の輩にも不自由はしない。

一メートルも掘っただろうか。バッグからビニール袋を出し、白布に包まれた骸を抱えた。まだ、クニャクニャと軟らかい。わずかに温かく、一部はひどく冷たい。頭を山が見えるように向け穴の底に下ろし、掘り出した土を半分程かけた。彼がその上に小石を並べていく。魂を鎮め、不心得な生き物達から暴かれることのないように。残りの土をかぶせ、山桜の下に小さな土饅頭が出来上がった。

道具を片付け、家に戻ると線香を取り出し、一本火をつけた。小雨の中、すぐに消えてしまうだろうが、土饅頭のてっぺんに立て、手を合わせた。十五年間、我が家で暮らしたイヌの、わずか一時間に満たない、葬送の儀はこうして終わった。

彼に駅まで送ってくれるように頼む。

降りた時と同様、小さな駅は濡れしょぼっており、電車に乗ってから後、家に帰るまで、その日は一日中、八月とも思えぬ季節外れの雨が降り続いた。まるで私の代わりに天が涙していているかのように。

八

次の日からの朝の散歩は、自分だけのものとして残された。

早朝、いつも犬を連れて歩いている老婦人から、うちのイヌのことを聞かれることもあったが、私は不機嫌にぶっきら棒な挨拶を返すだけで、直接何も答えることはしなかった。

自分には犬を枕に他人と会話をする習慣などないので。

イヌの使っていたもろもろのものを処分し、残っていたドッグフードは肥やし代わりに地面の隅にまいた。茶色の粒々が、水を吸ってブヨブヨと醜く白い色に変わり、土に同化しかけた数週間後の日曜日、犬小屋を解体した。

築十数年、リフォーム一回の杉板の小屋は、玄翁一つでいとも簡単にバラバラとなった。危なくないようにと、ことさら時間をかけて一本ずつ釘をバールで抜く。

出入りのための逆U字型に穴を開けた、正面の板壁だけは壊すことが出来ず、そのまま残した。

入り口の上には、子供達が小さい頃、ペンキで描いた、梅花紋のような犬の足型と名前が、うっすらと白く残っている。

ビーグルと大好物のビールからとった、彼女の名前は、「ビビ」といった。

太白山の虎

むかし、むかし、太白山という山にまだたくさん虎がいた頃の話です。

山のふもとにとしおいた夫婦が住んでおりました。太白山は、とてもけわしい山でしたのでふたりは、急な斜面につくった小さな田畑をいくつも、いくつも耕さねばなりませんでした。このたいへんな仕事をするために、ふたりは、一頭の黄色い牛を飼っておりました。

ある秋の日の夕暮れ、ふたりは、刈り取った稲を山のようにつみ上げた荷車を牛に引かせながら、家に急いでおりました。乾いた稲の山は、荷車の上で夕陽を受け、黄金色に輝いています。荷車の上のおばあさんの髪も、牛を引くおじいさんの長い長いひげもやはり、夕陽を受けて金色です。

山里の秋は日の落ちるのが早く、暗くなり始めると同時に、こごえるような寒さがやってくるので、おじいさんは、しきりに牛をせかせておりました。

あと小さな森をぬければ、沼のむこうにふたりの家がみえるはずです。

おばあさんが荷車の上から言いました。

「ヨボ、足はだいじょうぶかね。お前も車にお乗りよ」

「ヨボ、だいじょうぶだ。牛もつかれているし、もう少しの辛抱だよ」

「ヨボ」というのは、夫婦がお互いを呼びかける時によくつかう、とてもやさしいひびきの言葉です。

「まったくお前はよく働いてくれるよ」

おじいさんは、そういいながら牛の首すじをやさしく手のひらでたたきました。牛は大きな黒い目をぐりん、と動かすとしっぽを二、三度ふってそれに応えました。

ちょうど森の半ばまで来た時です。突然、右手の竹やぶから一匹の野ウサギが飛び出して来ました。見れば頭をけがしています。

「ウサギさん、どうしたね」おもわずおじいさんが聞きました。ウサギは、おびえたように後ろをふりかえりながら、

「虎に追われているのです」何度も何度も頭を下げ、おじいさんとおばあさんをかわるがわる見上げながら言いました。

「虎だって、そいつは大変だ」おじいさんが、傷をおったウサギをだき上げて荷車にのせ、

「ヨボ、急いで帰ろう」と、言ったその時です。後ろのやぶからものすごいうなり声が聞

こえたかとおもうと、それはそれは大きな一頭の虎がおどり出て来ました。太白山の主のような大虎です。驚いたおじいさんが「ヨボ、逃げろ」と、言うなり手に持った鎌の柄で牛の尻を思いきりひっぱたくと、牛は狂ったようにかけ出しました。

後に残ったおじいさんは、両手で鎌をにぎりしめ、顔をまっ赤にして虎をにらみ付けました。一歩だってそこから先には進めぬぞ、という覚悟です。虎は、今にも飛びかからんばかりに牙をむき出してうなっています。夕暮れの森の中で、目はまるで燃えるように光っています。

お互いは、身動きもせず長い長い間にらみあいを続けておりました。突然、虎がピンと立てていたしっぽをたらり、と垂らし、ふっと後ろを向きました。助かった、と思ったおじいさんがにぎりしめていた鎌をおろした、その瞬間。向きなおった虎が、いきなり飛び上がりひととび、ふたとび、あっという間もなくおじいさんにおそいかかりました。

一方、おばあさんは、牛を家に入れ戸じまりをすると、ウサギの手あてをしておりました。おばあさんは、おじいさんのことが心配で心配で落ちつかず、外の物音に耳をすませておりましたが、聞こえてくるのは、弱々しい虫の鳴き声ばかりです。おばあさんは、おなかのすいているのも忘れ、ただただじっとまっておりました。

やがて月は、冲天に上がり、冷たい光が家の中を照らし始めました。それでも、おじいさんは、戻って来ません。沼をわたって来る風がへんになま暖かく感じられます。

それからどれくらいたったでしょうか。虫の音にまじって沼の向こう岸から、ピッチャ、ピッチャというけものが水を飲むような音がかすかに聞こえてきます。おばあさんも、ウサギも、牛も土間に降りその水音に耳をそばだてたその時、はりつめた空気をひき裂くように虎の吠え声がとどろきわたりました。一度、二度、三度。勝ちほこったような、満足感にあふれるその声を聞いた時、おばあさんは、ぺたんと土間にすわり込んでしまいました。

「哀号（アイゴー）、哀号（アイゴー）」おばあさんは、両手をにぎりしめ土間をたたきながら泣きました。ウサギは、頭をたれ、牛といっしょにおばあさんの小さな背中を見つめていました。

長い長い一夜が明け、何ごともなかったように、朝日がさしてきました。明るくなるのを待ちかねておばあさんは、泣きはらした目をまぶしそうにしばたたきながら、外に出ました。ウサギと牛があとからついて来ます。

沼のほとりには、やはり虎の足あとが、たくさんついていました。おばあさんと、ウサギと、牛は、こわごわとあちらこちら捜して歩きましたが、どこにもおじいさんの姿は見あたりません。ただ森のはずれに、おじいさんの持っていた鎌が、少し離れたところにきせるとたばこ入れが落ちていました。きせるは少しまがっておりました。

おばあさんは、近くに咲いていた白いトラジの花をつんで、きせるのあったところにそっと置きました。そうして、天を見て祈り、地を見て祈りました。

家に戻ったおばあさんは、冷えきった温突《オンドル》の部屋に片ひざをついて座り、おじいさんのきせるを取り出し、たばこに火をつけました。

「ヨボ。……」あとは声になりませんでした。ウサギと牛は、土間にひかえたまま、ことばをかけることもできません。

おばあさんは、口からはいた煙をじっと目で追っていましたが、ふっと我にかえって話し始めました。

「お前たち、おじいさんは、いなくなった。わしも、もうおじいさんのいないこの世には何の希望もない。じゃが今のわしには、ひとつだけ願いがある。それは、おじいさんのかたきのあの虎めをしとめることじゃ。お前たちに、もしおじいさんの恩にむくいようという気があるのなら、なあ牛よ、ウサギよ、わしの手助けをしてもらえぬじゃろうか」これを聞いた牛は、黒い目をぐりんとまわすと大きくうなずきました。ウサギは耳をぴくりとふるわせ何度も何度もうなずいて言いました。

「やりましょう、おばあさん。もとはといえば、わたしのせいでこうなったのです。ぜひお手つだいさせて下さい」

それから、皆は、どうやったらにくい虎をたおせるか、額をよせあって、夜がふけるまで相談しました。

次の日もぬけるような秋空がひろがっていました。見上げれば、太白山の頂は、もう雪をかぶっています。

おばあさんは、白いはかまと上着で身じたくをし、きれいに掃除をした部屋から出ると家の戸をしっかりと閉めました。腰におじいさんの残したきせるとたばこ入れを下げ、手には鎌を持ち、一歩一歩ゆっくりとした足どりで家を後にしました。ウサギと牛がそのあとに続きます。

森の入口まで来た時、おばあさんは、ふり返りました。小さな家の軒に無数につるした唐がらしが、秋の陽をあびてまっ赤な花のように見えました。昨日おばあさんがきせるをひろった場所にそなえたトラジは、しおれもせずきれいな白い花を咲かせています。

「ヨボ、行ってくるよ」そうつぶやくとおばあさんは、真白な頂の太白山に向かって歩き始めました。ウサギと牛は無言でついていきます。

一同は、森をぬけ、刈りとったばかりの小さな田んぼの間をゆっくり、ゆっくりと登ります。太陽が一番高く昇ったころ、やっと山の中腹まで来ました。あたりは大きな木は少なくなり、背たけくらいの竹やらかん木ばかりになりました。ひいんやりした山の空気の中、白いはかまをひるがえして枯れ草の地面を包み込むように座ったおばあさんは、持って来た食べものを皆に分けながら言いました。

「お前たち、もう少し登ると山は、岩ばかりになる。急になった斜面の上のくぼみにわしと牛はかくれていよう。ウサギよ、虎は、このすぐ下のほら穴に住んでいる。お前は、虎をなんとかわしらのいる岩場の下までうまくおびき出しておいで、いいね」牛は、大きな目をぐりんと回し勢いよくしっぽを振りました。ウサギは耳をピクッ、ピクッとふるわせ、こっくりとうなずくと、ころがるように山を下って行きました。ごろた石の多い急な斜面を登るのは、おばあさんどころか四つ足の牛にもなんぎなことです。やっとの思いでくぼ地にまでたどりつき、一息ついて、はるか下のしげみを見おろした時、地なりのようなうなり声が聞こえました。

「始まったぞ」おばあさんは、牛に言いました。

「さあ、いつでも落とせるようにできるだけ石を集めておこう」おばあさんと牛は、石を壁のようにつみ上げました。それを牛が角で一気につきくずし、ころげ落として斜面の下の虎をやっつけるつもりなのです。

ウオーウ、ウオーウ。虎の吠え声がますます大きくなってきます。熊笹の間から、ウサギが弾丸のように飛び出して来ました。すぐその後から虎も飛び出して来ます。小さなウサギは、大きな岩の間をいなづまのようにはねて逃げまわっています。虎は、岩の上をまるでカササギが飛ぶようにとびこえて追って来ます。今にもウサギは、するどい虎のツメにひっかけられそうです。ウサギのはねる音とハーッ、ハーッという虎の息づかいが、すぐ下まで追ってきました。つかれ切ったウサギを急な斜面までおいつめ、まさに虎が前足の一撃をふりおろそうとした時、ウサギは、最後の力をふりしぼり大きく横っとびしてのがれました。

「今だ」おばあさんのかけ声に牛は、つみ上げた石をつきくずしました。すさまじい音とともに、小は人間の頭くらい、大はつけものの大ガメほどもある石がとびはねながら斜面を落ちていきました。ふいをつかれた虎は、ほんの一瞬とまどったものの、ひらり、ひらりと身をかわしすぐにウサギの後を追おうとします。あわてたおばあさんと牛は、次々に石を投げ落としますが、あせればあせるほど石は当たりません。

やっとウサギが二人のところにたどりついた時、集めた石は、もう残らず投げ落とした後でした。

　虎は用心深い目でじっと上の様子をうかがっていましたが、もう危険がないと知ったのか、じりっ、じりっと斜面をはい上がり始めました。

「おばあさん、どうしましょう」ウサギがふるえる声で聞きました。牛もブルッ、ブルッと体をゆすっています。

　おばあさんは、ちらっと虎を見下ろすと、腰からきせるをひきぬき、たばこを一服つけました。じっと考えながらすい込んだ煙を大きくはくと、おばあさんは言いました。

「お前たち、もう落とせるような石はない。残っているのはこの岩だけだ」と、かたわらの象ほどもある大きな岩を手でたたきながらいいました。ウサギも牛も、この大きな岩が自分たちだけの力で動かせるなどとは、とても考えられませんでした。しかし、虎は、もう顔のひげを一本一本数えることができるほど近くまでやって来ているのです。

「やりましょう」ウサギと牛は、答えるが早いか岩にとりつきました。牛は、角もおれよとばかりに、おばあさんとウサギもあらんかぎりの力をふりしぼって岩を押しました。岩は、びくとも動きません。おばあさんの掛け声で何度も何度も押しますが、それでも岩は、髪の毛一本分も動こうとしません。斜面からは、虎が岩をひっかきながら登って来るつめの音が、がり、がりと不気味に響いてきます。

ああ、もうだめか、一同が半ばあきらめて目をつむった時、急に岩が軽くなりました。動いたのです。

それまで松の切株のように動こうとしなかった岩が、まるでからのカメがころがるように斜面をころがり始めました。ゴロリ、ゴロリ。ゴロ、ゴロ。ゴン、ゴン。と岩は、しだいに回転を早めながら、やがて風車のようなうなりを上げて、虎にむかって落ちていきます。さしもの虎も四つ足をふんばって岩山を登っていたのでは、よけるすべもありません。驚いた虎は、ウオーと一声吠える間もなくはねとばされ、あっという間に岩とともに森の中へところげ落ちてしまいました。

はるかかなたに土煙を上げて命からがら逃げていく虎を見下ろしながら、力つきた皆は、立ち上がることもできず、その場に座り込んでいました。ふいにすぐ後ろでぺたり、ぺたりという足音がしました。皆は、一せいにふり返りました。そこには、今まで見たこともない人が一人、皆に背をむけて山頂へと登って行くところでした。

「もうし、あんた様は、どなただね」

おばあさんが尋ねました。ゆっくりとふりむいたその人は、顔も、手も、黄金色に光り輝いておりました。

「あんた様が手伝ってくれたのかね」

その人は、おばあさんの問いに軽くうなずくとそのまま、また山頂目ざして歩き始めました。歩くたびに背中から出る不思議な光で、あたりを七色に染めながら。

やがて太白山の真白な雪を虹色に変えたその光は、山頂まで登りつめると、一度大きく金色に光り、やがて高く高く晴れ上がった紺碧の空へ舞い上がり、消えてしまいました。

「ヨボー、あんただね。あんたが来てくれたんだね」おばあさんは、山頂にむかって叫びました。けれど返ってくるのは、山のこだまだけでした。

おばあさんは、ウサギと牛に礼を言いながら、おじいさんのきせるをとり出し、たばこをつめました。目を細め、火をつけるとふかぶかと煙をすい込み、そうして思いきりはき出しました。澄みきった山の空気の中で、紫色の煙は、どこまでも、どこまでもまっすぐに昇っていきます。

おばあさんは、高い高い秋の空を昇る煙を目で追いながら、今度は確かにおじいさんが返事をしてくれたのを聞きました。

あとがき　『ほとけの周辺』について

人とのつながりに不可欠な「言葉」に対しては複雑な想いがある。子供の頃、書き言葉であれ、話し言葉であれ、そのどちらも自分には縁遠い、と思い込んだことによる。

そのため「人間のサナギ」のような十代後半を過ごすこととなったが、その時の体験、生涯の仕事として選んだ仏像修理の周りでの出来事、それらから着想を得た夢幻世界など、八つの話を一冊にした。自分の仕事＝仏像の保存修理＝について直接語った文章ではなく、図らずも「死」が共通項になったので書名を『ほとけの周辺』とした。

作文が苦手だった。小学六年生、担任の言いつけ通り原稿用紙数枚に一生懸命書いて出し、返された文末に「情景がひとつも書かれていません」という無情な赤字を見た時の悲しさは、今でもよく覚えている。その名残で原稿用紙に向き合うのは嫌いである。

読むことは好きだったが、漢字の記憶や識別には苦労した。苦手意識を克服しようと日記をつけ、積極的に「書く」ことをしたが、人に見せる文章は、電話も不自由な時代、中学を出て親元を離れ、頻繁に書く必要が出来た手紙からだった。次第に、書くことが他者に伝える表現としてだけでなく、読んでもらえようがもらえまいが、自分に伝え思考を確認するためのものでもある、と分かってからは苦でなくなった。

話し言葉の方は、幼少期の赤面症が昂じて対人恐怖症に近いものとなり、人との距離感をうまく取れず、世に出て生活する手段として、集団の中で勤務するという選択肢は早い段階で消していた。人と言葉を交わさなくても良い仕事を選ぼうとしたものの、世の中にそんな仕事はなく、人に会う前には頭の中でセリフを色々シミュレーションしていたが、会話に必要な瞬発力の具体的準備としてはほとんど役には立たず、自活する中で否応なしに場数を踏み、「言葉を道具として使う」ことを覚え、仮面を付けたような心持のまま、なんとか人前で話せるようになった。決定的であったのは、故あって大学勤めを志し、学生を教えるにあたり言語伝達を重視する思考回路を構築せざるを得なかったことがある。

今でも実際に体験したことを人に伝えるときは、小学校の担任の指導に従い、情景を忠実に表すことしかできない。したがって夢想の話も全くの絵空事は書けないのである。

それぞれの話を書いた動機や背景・心情を少し付け加えて、あとがきとしたい。

【デス・マスク】

伊豆半島の修善寺温泉にある禅宗寺院、福地山修禅寺の指月殿に安置されている、静岡県指定文化財の釈迦如来坐像と仁王像、本尊大日如来坐像（現重文）の修理をした、その時の実話である。

二十四歳で大学に入学し彫刻の実作を学び、仏像彫刻の保存修理を研究するための大学院を修了した。一年間研究生として研究室に残ったのち、昭和五十七年、先輩方と三人で文化財修理の任意団体を立ち上げ、都内で数カ月間の仕事を終え、七月から三年近く修禅寺の旧幼稚園舎（現宝物館敷地）を仕事場兼宿舎として住み込み、作業をしていた。

寺の近くに、親の代から地元に豊富に生えている竹を素材とし、文字を彫り込んで書道作品や土産物を作っている姉弟がいた。芸術家肌のお姉さんは寺の近くに、職人気質の弟さんの方は指月殿の近くに、それぞれ自宅兼工房兼店舗を構えていた。お互いに刃物を使う仕事という共通点もあり、我々はどちらとも親しくお付き合いをさせて頂いていた。

お姉さんの方からは息子のように可愛がってもらい、時折ご馳走になったりしていたが、先方からものを頼まれたのはこの時だけであった。

その依頼で生まれて初めて亡くなった方の顔から石膏型を取り、デス・マスクを作った。作業そのものは難しいものではなかったが、赤の他人の亡骸との関わりというのは、そうあることではない。親族との別れ同様に脳裏に焼き付いている一件である。

【火炎】

中学校を卒業すると同時に岡山市の実家から離れ、県北の津山市に出来た工業高等専門学校の機械工学科に入学し、寮で五年間を過ごした時の実話である。主人公は二人の友人から借りた仮名とした。

戦後高度成長に突入した日本は、拡大する工業生産や技術開発に対応出来るよう「中堅技術者を養成する」目的で、工業大学と工業高校の間、短期大学の上位に位置付けた国立の工業高等専門学校を各県に新設した。その時代、向学心はあるが大学進学など経済的に考えられぬ家庭の子弟にとっては、ありがたい学びの場であった。

私は第四期生として入学し、下級生を迎えた翌年が学校としての完成年度であった。

当初感じた新設校ならではの、のびのびとした気風と、教官と学生の和気藹々とし、指標としていた旧制高等学校のような天真爛漫とした雰囲気は、一期生が就職という現実と向き合い始めると同時に急激に失われていった。国としての目標のための、もっと大きな社会機構の中に、学校全体が完全に飲み込まれていったのであろう。

外では学生運動末期の嵐が吹き荒れ、三年生の時には安田講堂の攻防戦で東大受験が中止となった時期の、世俗から隔離された山の中の校舎と寮の生活。長時間の工場実習。大量の提出レポート。行き場を求めて若いエネルギーは常に臨界点に達しており、一学年三クラス百二十人、全学六百人ほどの小さな学内でも様々な出来事があった。中でも印象に残っている事件の一つがこれであった。

そんな中に五年間在籍し、結局卒業することはなかったが、その後の半生で自分が培ってきたさまざまな技術の基本とセオリーの根本は全てその場で学んでいた。

それがあればこそ、新しい概念で論理的な構築を目指していた、黎明期の文化財保存修理という技術分野に新天地を見出せたし、教育にも関われた。また、あの時の新鮮な体感は自分が教える立場で新設大学の教員となった時、幾分か学生達に還元できたと思う。その空間で時を過ごせたことには感謝している。

【渡舟】

牧野家の養子であった私の父、勝治の実父は木村庄吉、実母は兼といった。実兄の定治は身長が高く徴兵されて近衛兵になったという話だが、戦後すぐに亡くなっている。祖父の名と伯父の経歴を借りた人物と、戦災で燃え落ち戦後復元された岡山城を主人公とし、旭川を舞台に、舟を時空変換装置として「夢幻能」のような世界を表したいと思った。

岡山市は昭和二十年六月二十九日の未明、米軍のB29爆撃機百三十八機による約一時間半の焼夷弾の無差別爆撃により市街地の六十三%を焼失し、二千名が亡くなった。備前藩池田家三十二万石の岡山城もその時に焼け落ちた。私の通った市中心部にある弘西小学校の鉄筋コンクリート三階建ての校舎の軒は一部が欠けており、焼夷弾が当たった痕だと先生から教わった記憶がある。

岡山駅西口のビルに岡山空襲展示室があり帰省のたび訪れている。へしゃげた焼夷弾の残骸や、収束焼夷弾のレプリカなどが展示され、当時の写真が惨状を伝えている。米軍撮影の市内空襲前後の航空写真もあり、彼らの準備の周到さと物量には圧倒される。

戦後二年経って、満洲大連からの引揚者であった父母達は、旭川沿いに奇跡的に焼け残っていた出石町の実家に戻り、私はそこの十畳間で生まれた。

伝統的な町屋の心落ち着く町内で育った私が、幼少期行きたくないと感じる地域が市内のあちこちにあった。既に戦後の焼け跡からは復興し、建物が建っていたはずであるが、土地に残された負の記憶と、耳には聞こえぬ声が、無垢な子供の胸に染み込んできたのであろう。

「戦争を知らない子供達」として生を受け七十年。当事者でないにもかかわらず、先の大戦のことを引きずっているのは、その幼児体験ゆえなのだろうか。私なりに大東亜の戦いを日本の歴史の中で、きちんと清算し評価したいとの想いが年々強くなる。

【春蘭】

修禅寺から引き揚げ新しい仕事場に移ってやっと落ち着いた頃、この事件に遭遇した。昭和六十一年春、修禅寺での足掛け三年間の仕事を終えた。自分たちの仕事場というものを持っていなかった我々は、引き受けていた大きな仕事があったため、伝手を頼って、仕事場を私の住まいのある旧大宮市の隣町に移した。畑地の中に土地を借りてプレハブの作業場を設け、大量の仕事道具と材料の移動を終えたが、水道もなく、通うにも駅から遠く、あまりに不便で実質的な作業は何も出来ず困っていた。

たまたま修禅寺で知り合った若い僧侶が、偶然にも二駅ほど先の寺で住職をしており、遊びに来いと言われ出かけて行った。檀家を六百軒ほども持つ裕福な寺の広い敷地に、利用する当てのない空いている建物があった。使っても良いと言われ、渡りに船とそこに仕事場を移転、駅からも歩いて五分という快適な仕事空間を得ることができた。そこで仕事をしていた春先の、ある日の実話である。

その後、この仕事場と仲間からは離れ、しばらく考えた末、文化財修理の仕事を続けることを決心し、昭和最後の年に自分の工房「吉備文化財修復所」を自宅に立ち上げた。

【化仏】

仕事上で長くお付き合いのある福島県喜多方市願成寺に伝わる「會津大佛」をモデルとした夢想話である。

この丈六阿弥陀如来坐像とその両脇侍を台座から下ろし、調査をする機会があった。三像とも整った外観の金箔貼りに比して、像底から見た内部の木材の、土に還りかけたような腐朽具合は、尋常ではない過酷な過去を示していた。中尊の頭部内に三十センチ角くらいの修理銘札が納入されており、江戸元禄期の修理時の事情が書き記されていた。見た者が誰も残っていないその修理の状況と、数十年をかけて一千体が作られ、その地域の若者の出征とともに数十体が失われた、という光背化仏のうちの一体のことを表してみたかった。

戦後生まれの我々世代は、先の大戦のことは本で読む以外知りようもなく、一部の人間を除き、父親を含む身近な大人達が自分の経験した戦争について、あえて語ることは無かった。戦後民主主義といわれるものの根幹は、前の時代の全否定であり、日本が海外に膨張し「大東亜共栄圏」を目指していた頃の教育を受けた誰しもが、自分のアイデンティティを「墨塗り」された以上、自信を持って過去を語るのは難しかったであろう。まして戦争に対する冷静な清算や評価など、本当のところ誰であれ出来る仕事ではなかったはずである。

我々世代は食うのがやっとの幼少期だったが、希望に向けて生きていく、自然で単純な動物的感性だけは精神のベースとして身についた。反面で特に青春時代に学校教育を受けている最中に戦後体制となり、根本的に異なる二つの教育を注入されたひとまわり上の世代、昭和一桁生まれの人達の中には、精神的支柱に不安を感じさせられる方々が多く、そのように思うのである。

高専で授業に出ずに過ごした最後の一年は、ほとんど図書室で過ごし、最新の学生運動や中国文化大革命の左翼系情報を載せている週刊誌、支那事変から太平洋戦争にかけての軍記や従軍者の回想録などを読みあさっていた。左派と右派を乱雑に投げ込み続けてきた頭の中の「神仏混淆状態」の熟成と整理が成れば、先の戦いについて自分なりの分析評価ができるのではあるまいか。それをすることが我々世代の役目であるようにも思う。

修禅寺の仕事で、県の文化財審議委員であった高名な美術史家とお近づきになった。大変温厚な方で若輩者の自分などにも気さくに話して下さった。ご自宅に修禅寺大日如来坐像の資料写真を届け、奥様手作りのカレーライスをご馳走になったこともある。従軍先が、北支だったか南方戦線だったかは聞きそびれたが、戦時中に戦車部隊にいた話はご当人からも、人伝でも聞いた。同姓の彫刻史家とともに文中にお名前をお借りした。

【能登金剛】

工業高専に在籍した最後の年、友人と二人で北陸に三泊ほど旅をした時の実話である。この旅行で輪島の漆工芸に出会ったことが、その後の自分の進路に大きな影響を与えた。

期末試験を受けず留年し、卒業する気もないのに同級生達と最後まで居たい、という妙な理由付けで親に一年分の授業料や生活費を出させながら授業には出ず、寮で夏休みを迎えていた。付き合いは狭く、親しい友人もそれほど居なかったのだから、今考えても理由に正当性を欠いていた。経済的に余裕のない親がよく許してくれたものだと思う。

真夏の旅先、能登半島先端で自殺体を発見し、通報するために灼熱の路傍で人を待ち続け、頭の中は火花が散っていた。今で言えば、ほぼ熱中症状態であったのだろう。

その時代は、「暑さに対する水分補給の必要性」という考え方などなく、「暑い時に水を飲むと体がバテる」と信じられており、ラグビーの合宿でも昼休みにさえ水を飲むなと言われていた。その反動で練習後は一リットルの牛乳ビンをラッパ飲みしていたものである。

夏休みに入って、津山から岡山まで六十数キロを歩いて帰省したことがあるが、炎天下、ほとんど飲まず食わずでも耐えられた身としては、最近夏になるたびラジオから流れる「こまめに水分を補給して、適正にエアコンを使用して下さい」という熱中症への注意喚起には、気候変動のことは理解していても違和感を持ち続けている。

【イヌ】

山形で大学勤めを始めてから、我が家で十五年間飼った犬の話である。その間二度の引っ越し、自分の母、父との立て続けの別れ、十二年間の大学勤めからの退職、右足アキレス腱の断裂と、様々なことがあった。

兄が拾ってきて実家で飼っていた「フク」という黒い中型犬も十四年ほど生きたから、一応天寿を全うさせてやれたのだと思う。

独立して仕事をしているうちに、山形県に新設予定の大学の開設準備に二年前から関わり、開学と同時に助教授として就任した。仏像の保存修理を志す後進を育てたい、という明確な目標があったから、後にも先にも生まれて初めて就職したのである。

十三年間住み慣れた旧大宮市盆栽町の借家も、大家さんから代替わりのため立ち退きを迫られていたこともあり、永住するつもりで一家五人東北の地に引っ越した。山形市内の大学近くに用意されていた、これも後にも先にも生まれて初めての新築の宿舎に一年間住み、次の年には手に入れた上山市の農家に移り住んだ。そこで飼い始めた雌犬だった。

【太白山の虎】

朝鮮半島を舞台とした仮面劇を創作し、その登場人物の仮面を作って個展を開き展示した、その時発表した原作である。

三十代のその頃は、単身赴任生活で修禅寺に月曜日から出かけ、週末帰宅して自分の作品として仮面を作っていた。ある程度数がそろうと、住まいのあった盆栽町の桜並木にある画廊喫茶で、毎年小さな個展を開いていた。

学生時代、民藝運動に関わった前田泰次先生の工芸史を受講し、彼らが大きな影響を受けた朝鮮半島の話を聞いた。見せて頂いたスライドの、市場（シジャン）の様子が印象的で、遅刻者は入室禁止措置を取る謹厳な教授の「石の鍋でグツグツ煮た貝のお汁、これが美味かった！」といった「お汁」という言葉と、よだれを垂らしそうな顔つきに強く惹かれた。

釜山から来ていた工芸科の留学生とも親しくなり、それらがきっかけで言葉や歴史を学び、修禅寺で仕事をしていた一年目の三月に一週間ほど三歳の長女を連れて夫婦で韓国旅行をした。その後、彼の国にはかなり深くはまり込み、毎年のように訪れ現地の知人も増えた。研修旅行先として学生を連れて行き、向こうの大学で学生の作品展示や講義をしたこともある。

ちなみに、韓国の慶尚北道安東に河回（ハフェ）という邑があり、毎週日曜日に伝統的な野外仮面劇（タルチュムノリ）を公演していた。多少日本の神楽に近い雰囲気はあるが、誠におおらかで、猥雑で、かつ権威者への風刺と諧謔味のある、庶民のためのダイナミックな仮面劇である。

最近思うことだが、現在世界に存在する国家はその大半が出来てから百年も経っていないか第二次世界大戦後に成立している。ソ連邦から再び十五に分裂した国々は三十年の歴史しかないし、昔と同じ国家名称でありながら、離合集散を繰り返し国境線すら不確定なところも少なくない。どの国もひとつにまとまるための国家アイデンティティを構築しようと苦慮し、通常は皆が共有できる歴史に活路を求めるが、明瞭なものがなく、また複雑な民族構成の場合、国を治める政権は内部には強権的になり、隣国とは大きな摩擦を呼び起こし、仮想敵国にすらしてしまう。どこか懐かしくしばしば訪れた、日本統治を経験した彼の国も、自国の本質確立に苦慮し続けている姿を、様々な階層と場面で見てきた。

日本では、戦前戦後で歴史の連続性が分断される教育になったとはいえ、国民全体が無意識に共有できる伝統的なものや共通の文化がまだまだ数多く残っており、意図的な国家アイデンティティ確立の必然性は薄く、それ故に治安や平安が保たれているとも言える。ただし、かろうじて維持してきたものが、グローバリズムの波の中で、今後、波打ち際の砂の城のように次々に消えていく恐れは否めない。

結局自分のやってきた文化財保存修理という仕事は、単にものを残すことだけではなく、その周辺こそが本質であったことを今になって強く感じている。

牧野隆夫

牧野　隆夫（まきの　たかお）
筆名「石出《いで》　中《あたる》」。

昭和25年10月20日：岡山県出身
昭和46年３月：国立津山工業高等専門学校機械工学科中退
昭和54年４月：東京芸術大学芸術学部彫刻科卒業
昭和56年３月：同大大学院美術研究科保存修復技術彫刻専攻修了（芸術学修士）
同研究生（～57年３月）
昭和57年４月：任意団体、東京文化財修復所設立参加・入所（～63年９月）
昭和63年10月～：吉備文化財修復所設立、代表就任（現在に至る）
平成４年４月～16年３月：東北芸術工科大学芸術学部芸術学科助教授・教授
平成15年10月～：㈲東北古典彫刻修復研究所設立、取締役所長就任（現在に至る）
東洋美術学校・東京学芸大学・愛知県立芸術大学・筑波大学世界文化遺産学専攻など非常勤講師。
平成22年４月～：実家の保存修理工事完了にともない「勝錬館」館主（現在に至る）

文化財修理等：静岡県、山形県、埼玉県、京都府など各地の寺院、共同管理のお堂の仏像保存修理に関わる。平成２年大嘗祭御使用天皇皇后両陛下御菅蓋鳳凰像制作。同鳳凰像を令和元年大嘗祭御使用のため修理。所有管理者の身近で対応する「仏像の町医者」を目指している。

著作：『仏像再興』山と渓谷社（平成28年）
『伊豆の仏像修復記』静岡学術出版社（平成30年）
その他、仏像修理報告書など多数。

社会活動：文化財保存修復学会会員、年次大会にて毎年発表。山形県文化財保護委員。

ほとけの周辺

2021年10月20日　初版第1刷発行

著　　者　牧野隆夫

発 行 者　中田典昭

発 行 所　東京図書出版

発行発売　株式会社 リフレ出版
〒113-0021　東京都文京区本駒込 3-10-4
電話（03）3823-9171　FAX 0120-41-8080

印　　刷　株式会社 ブレイン

ISBN978-4-86641-463-8 C0093

Printed in Japan 2021